빌어먹을 아이돌

샤이나크 현대판타지 장편소설

빌어먹을 아이돌 12

초판 1쇄 발행 2025년 1월 17일

지은이 | 샤이나크
발행인 | 최원영
편집장 | 이호준
편집디자인 | 박민솔
영업 | 김민원 조은걸

펴낸곳 | ㈜ 디앤씨미디어
등록 | 2002년 4월 25일 제20-260호
주소 | 서울시 구로구 디지털로32길 30 코오롱디지털타워빌란트 1301-1308호
전화 | 02-333-2513(대표)
팩시밀리 | 02-333-2514
E-mail | papy_dnc@dncmedia.co.kr
블로그 | blog.naver.com/gnpdl7

ISBN 979-11-364-5903-9 04810
ISBN 979-11-364-5289-4 (SET)

※ 저자와 협의하여 인지는 붙이지 않습니다.
※ 이 책은 ㈜ 디앤씨미디어(파피루스)가 저작권자와의 계약에 따라 발행한 것으로 본사와 저자의 허락 없이는 어떠한 형태나 수단으로도 내용을 이용할 수 없습니다.

Vol. **12**

PAPYRUS MODERN FANTASY

빌어먹을 아이돌

샤이나크 현대판타지 장편소설

PAPYRUS
파피루스

Album 23. 막이 내리면
...... 7

Album 24. 제2막
...... 143

Album 23. 막이 내리면

 쇼미 시즌7을 한 문장으로 정리하자면 '사오이를 이겨라'였다.

 첫 무대부터 화려하게 등장한 사오이는 거대한 벽이었다.

 어떤 순간, 어떤 상황이든 다른 참가자들을 압도했다.

 이게 아마추어들이 참가하는 오디션 프로그램이었다면 그럴 수도 있다.

 하지만 쇼미는 수많은 오디션 프로그램들 중에서 독특한 참가자 풀을 가지고 있는 프로그램이었다.

 보통의 오디션 프로그램에는 '일반인' 혹은 '실패한 가수'들이 나온다.

 가수에 대한 꿈을 가지고 있지만 특별히 뭘 해 본 적이 없다든가, 간절히 노력했지만 실패한 이들.

흔한 서사였고, 잘 먹히는 서사였다.

꿈을 향해 달려가는 이들의 모습은 지켜보기 즐거우니까.

하지만 쇼미는 '일반인들에게 알려지지 않은 성공한 언더 래퍼'들이 출연을 한다.

즉, 커튼 뒤에 있던 실력자들이 무대 위로 올라오는 프로그램이다.

심지어 이는 심사에 영향을 미치기도 한다.

'이 사람이 만든 음악 잘 들었어요'라는 꼬리표가 붙으면 심사위원도, 대중들도 왠지 호의 어린 시선으로 지켜보게 되는 것이었다.

물론 완전 무명의 참가자가 없는 건 아니었지만, 시즌이 거듭될수록 '실력은 있지만 유명세만 없는' 참가자들의 약진이 두드러졌다.

해서 일반 오디션 프로그램이 꿈을 좇는 이들을 조명한다면, 쇼미는 명예와 돈을 좇는 이들을 조명했다.

사실 이 부분이 윤정섭 피디가 쇼미의 생명력이 다해 간다고 생각한 이유기도 했다.

처음에는 이런 서사가 신선하고, 원초적인 공감이 가서 잘 먹혔다.

연출을 한 윤정섭 피디조차 '그냥 돈 많이 벌고 싶다는 이야기가 이렇게까지 잘 먹힌다고?'라고 당황할 정도였다.

그 뒤에는 톱 10에 들면 불우한 가정사나 힘들었던 인생을 언급해서 노멀한 공감을 얻기도 했고.

하지만 이런 이야기는 특별함이 사라지면 금방 매력을 잃는다.

꿈을 좇는 이들의 뒷모습에는 불멸의 가치가 있지만, 돈을 좇는 이들의 뒷모습을 유행을 탈 뿐이니까.

문제는 그래도 이런 서사를 보여 주는 이들이 잘한다는 것이었다.

서사도 중요하지만, 실력도 배제할 수가 없었다.

특히 그 실력 차이가 눈에 띄게 두드러진다면.

이게 쇼미란 프로그램이 다른 오디션 프로그램과 비교했을 때 가지고 있는 가장 큰 차별점과 문제점이었다.

한데, 사오이가 등장하면서 프로그램의 기조 자체가 달라졌다.

앞서 말했듯이 사오이는 벽이었다.

실력이 높은 게 아니다.

수준이 다르다.

아니, 태생이 다르다.

사오이는 '커튼 뒤의 실력자'들조차 아마추어처럼 보이게 만들었고, 참가자들을 부끄럽게 만들었다.

사오이를 보고 벌스를 바꾼 이들이 한둘이 아니었다.
내가 돈을 많이 번다는 이야기를 해도 되나?
내가 최고라는 이야기를 해도 되나?
저 복면 뒤집어쓴 미친놈이 떡하니 버티고 있는데?
이런 생각을 하게 된 것이었다.
쇼미는 정해진 노래를 부르는 게 아니라, 실시간으로 노래를 만들어서 경연하는 프로그램이다.
그러다 보니 현시점의 감정이 경연 곡에 영향을 끼쳤다.
자연스럽게 좀 더 솔직해진 참가자들이 등장했다.
곡을 통해 본인이 가지고 있는 열등감을 드러내거나, 인터뷰를 통해 좀 더 진심을 말하기도 했다.

"돈, 명예. 그런 성공을 취하겠다는 건 그냥 신기루에 닿겠다는 마음 같은 거죠."
"어쨌든 어딘가에는 오아시스가 있음을 알기에 사막을 나아갈 수 있는 거잖아요."
"그게 나한테 허락될지는 모르겠지만, 허락될 거라고 믿지 않는 것도 이상하지 않아요?"
"언젠간 걷다가 쓰러질 거라고 믿으면서 사막을 지나는 사람은 없잖아요."

모 참가자의 이런 인터뷰는 윤정섭 피디의 생각보다 큰

반향을 일으켰다.

-솔직히 래퍼들이 돈돈돈 거리는 거 이해 안 갔는데, 살짝 이해했음.
-하긴 뭐, 내가 랩을 하다가 결국 성공 못해서 망한 인생이 될 거라고 생각하며 살 수는 없는 거니까.
-래퍼들 욕먹는 것도 좀 억까긴 함. 어떤 분야의 사람들이든 저런 생각하면서 사는 건 똑같은데, 래퍼들은 가사로 직접 써서 더 욕먹는 거임.
-ㅇㅇㅇ 윗댓 개추.

물론 모든 이들이 사오이의 영향을 받은 건 아니었고, 아랑곳하지 않고 늘 해 오던 음악을 하는 이들도 있었다.

참가자들 중에는 미리 준비해 온 벌스들을 상황에 맞춰 뱉는 이들이 많았는데, '사오이가 등장하는 상황'을 준비해 온 이들은 없었으니까.

하지만 이런 이들은 심사위원들이 금방 탈락시켜 버렸다.

그들도 왜 그런지 이유는 몰랐다.

그냥 분위기가 그랬다.

덕분에…….

-이번 쇼미는 뭔가 좀 참가자들이 순하지 않냐ㅋㅋㅋ
-ㅇㅇㅇ 눈이 착한 친구들이 많음ㅋㅋㅋㅋ
-랩도 좀 더 일반적임.
-지들만 아는 거지발싸개같은 특정 장르 랩 안 해서 좋음.
-ㅇㅇ 난 도대체 아직도 레이지나 드릴이 뭔지 모르겠다. 걍 경찰차 사이렌 뿡뿡거리는 소리가 들어가면 되는 건가?
-ㅋㅋㅋㅋ나두ㅋㅋㅋㅋ

시청자들의 분위기도 좀 달랐다.
물론 세상의 모든 일은 양면성이 존재하기에 단점도 있었다.

-이번 시즌 쇼미 노잼ㅋㅋㅋ
-이번 시즌만 노잼이었냐. 지난 시즌도 노잼이었음.
-슬슬 단물 빠졌음.
-7년이나 해 먹었으면 오래 했지.

자극성이 줄어든 걸 싫어하는 이들도 존재했으니까.
하지만 장점이 더 컸다.
매니아층이 아닌, 일반 시청자층이 오랜만에 쇼미에 유

입되는 지표들이 보여진 것이었다.

"뭔가 프로그램 분위기가 좀 달라진 거 같지 않아요?"

"그러니까. 이번에 참가자들을 좀 잘 뽑은 거 같아요."

작가진은 그냥 이러고 말았지만, 윤정섭은 상황을 정확히 인지하고 있었다.

이 모든 변화가 사오이 때문이라는 걸.

왕의 성향에 따라서 왕국의 분위기가 바뀌고, 지휘관의 스타일에 따라서 부대의 움직임이 달라지니까.

쇼미 시즌7을 이끄는 건 사오이였다.

그렇게 각성한 참가자들이 달려드는 와중에도 사오이는 굳건했고, 계속해서 새로운 모습을 보여줬다.

꼭 블루스크린(랩네임이 너무 구려서 어느 순간부터 다들 블스라고 바꿔 부른다)과의 무대만 의미하는 게 아니었다.

그 어떤 미션이 떨어져도, 완벽하다.

그 와중에 음험한 짓으로 사오이를 이기려고 덤벼든 참가자도 있었다.

사오이가 상대방에게 모든 걸 맞춰 준다는 걸 이용해서, 경연이 얼마 안 남았는데 갑자기 비트를 바꾸려는 이도 있었다.

보통의 경우에는 제작진이 제지할 만한 일이지만, 쇼미 작가진의 왕언니 오소희가 사오이와 대화하고는 그대로 진행되었다.

 사오이가 상관없다고 했으니.

 결과는 달라지지 않았다.

 음험한 짓을 했던 참가자가 시청자들의 눈에 완전히 찍혀 버린 것만 빼면.

 '사오이를 이겨라'가 쇼미의 메인 플롯이었다면, 당연히 서브 플롯도 있었다.

 서브 플롯의 이름을 지어 보자면, 아마 '사오이의 정체를 맞춰라' 정도일 것이었다.

 사람들은 처음 사오이가 등장했을 때, 차가운 천재처럼 여겼었다.

 복면으로 얼굴을 가린 채 천재적인 실력을 보여 주는 게 꼭 오페라의 유령 같다는 말도 했었고.

 하지만 생각과 다르게 사오이는 장난기가 있었다.

 본인의 정체에 대해 아리송한 말들을 툭툭 던졌으며, 모 참가자가 탈락하면서 했던 '절대 누구에게도 말하지 않을 테니, 누구인지 알려 달라'는 말에 대답도 했다.

 이 부분은 방송이 된 뒤 꽤 큰 화제를 모았는데, 사오이의 대답을 들은 참가자의 눈이 터질 것처럼 커졌던 것이었다.

 -아니 누군데 그래.

-야 근데 유명한 사람이긴 한가 보다? 듣보잡 이름이 나왔으면 저런 표정 아닌데?

　-그러게? 나는 듣보잡일 줄 알았는데.

　-너 바보냐. 프로그램 분위기상 어마어마한 사람으로 몰고 가는 게 뻔히 보이는데 듣보잡일 리가.

　-그러니까 애매한 듣보잡이지. 진짜 톱스타였으면 예고편에 얼굴 안 박았겠냐?

　카메라 밖에서 윤정섭 피디는 한시온에게 연락을 취했다.

　진짜 탈락자에게 정체를 말한 거냐고 물었지만, 그건 아니었다.

　그냥 딱 한 마디만 했다고 했다.

　데뷔 2년 차 아이돌이라고.

　그 정도만 해도 쇼미에 출연한 래퍼들에게는 충분히 충격적인 일이었다.

　사오이는 그렇게 계속 장난을 쳤다.

　누군가 피아니스트 같다고 하니, 직접 기타를 친 리프를 샘플링 떠서 만든 비트로 경연을 했다.

　누군가 대중음악 보컬리스트 같다고 하니, 바리톤 성악가 특유의 목소리를 샘플링 떠서 비트를 만들었다.

　당연히 성악가처럼 노래를 부른 건 본인 목소리였고.

한시온은 성악에 도전을 해 본 적은 없지만, 그들이 노래를 부르는 방식을 배운 적은 있었다.
이쯤 되니 심사위원 중 한 명이 이런 말을 할 정도였다.

"사실 여러 명 아니야? 사오이 가면 뒤에 한 열 명쯤 있는 거지."
"키가 다 똑같잖아요. 목소리도 그렇고."
"아, 몰라. 그게 아니면 말이 안 되잖아."
"그게 더 말이 안 됩니다."

그렇게 마침내 쇼미가 본선에 도달했다.
지난 시즌의 본선은 톱 10이었지만, 이번에는 톱 8이었다.
쇼미를 만들어 가고 참가하는 이들은 궁금했다.
과연 프로그램이 끝나기 전에 사오이를 한 번이라도 이기는 사람이 있을까?
그리고, 프로그램이 끝나고 공개될 저 복면 뒤에는 누가 있을까.
그때쯤 사오이가 윤정섭에게 말했다.
"톱 4에서 가면을 벗고 싶은데요."

* * *

쇼미에 출연하는 건 내 생각보다 더 재밌었다.

재밌어서 당황스러울 지경이었다.

보통의 나는 앨범 판매량과 직결된 게 아니면 별다른 자극을 느끼지 못하니까.

그런 의미에서 쇼미는 진짜 내 앨범 판매량에는 아무 도움이 되지 않는다.

한시온이라는 뮤지션의 이미지에도 별 도움이 되지 않는다.

난 어차피 잘하고, 모든 사람들이 그걸 알고 있으니까.

그런데 왜 이렇게 재밌지?

내가 쇼미에서 제대로 증명하면 최재성이 래퍼로 돌아올 때 부담이 덜하기 때문일까?

쇼미 우승자가 프로듀싱을 했으니, 랩적인 부분에 대한 색안경이 덜할 테니까.

이성적으로는 이 이유가 가장 합당하다.

하지만 마음을 들여다보면 꼭 그런 건 아니었다.

회귀가 시작되기 전의 0회차 때는 홍대 놀이터에서 기타를 치고 노래를 부르는 게 재밌었다.

이유는 없었다.

지나가던 캐스팅 매니저가 날 볼 수도 있다는 가능성으

로 재밌었던 것도 아니고, 실력이 조금씩 늘고 있다는 실용적인 이유로 재밌었던 것도 아니니까.

그냥 재밌었다.

이건 한 번 사는 인생을 사는 이들의 태도다.

그럼 무한히 회귀하는 나는 왜 재미를 느끼는 거지?

정확히 이유는 알 수 없지만, 쇼미를 하면서 깨달았다.

뭔가…….

내 마음가짐이 좀 달라졌다는 걸.

이유는 모르겠지만.

이럴 때 랩이란 음악은 좋다.

랩은 정말 많은 가사를 써야 하기에 자신의 생각을 풀어놓다보면 나도 모르는 내 마음을 인지할 수 있게 된다.

그래서 윤정섭에게 말했다.

"4강, 그러니까 세미 파이널 무대가 끝나고 복면을 벗고 싶은데요."

"네? 왜요?"

"세미 파이널은 사오이로 올라도, 파이널 무대에서는 한시온으로 오르고 싶어서요."

사실 이건 계획된 바가 아니었다.

애초에 나와 윤정섭 피디는 복면을 언제 어떻게 벗을지에 대한 계획을 다 세웠으니까.

하지만 그런 충동이 들었다.

충동…….

충동에 따라 행동한 지가 얼마만인지 모르겠지만, 그러고 싶어졌다.

내 말을 들은 윤정섭 피디가 별 고민 없이 고개를 끄덕였다.

대신 한 가지 조건을 건다.

"그, 앞으로 형이라고 부르는 건……."

"제가요? 피디님을요?"

"네."

"그건 좀 힘들 듯합니다."

따지고 보면 내가 더 나이가 많잖아?

윤정섭 피디는 시무룩했지만, 내 제안을 수락했다.

그렇게 시간은 순식간에 흘렀다.

4강 무대는 이미 모든 준비가 되어 있었고, 촬영 날이 밝았다.

* * *

오디션 프로그램의 결승전이 생중계인 건 유구한 역사였지만, 필요에 의해 생긴 역사기도 했다.

결승전이 녹화 방송이라면, 녹화가 끝나자마자 우승자가 누구인지 순식간에 유출되어 버리기 때문이었다.

결과를 알고 보는 결승만큼 허무한 것도 없다.

그러니 보통 오디션 프로그램의 양상은 이와 같았다.

준결승전을 최대한 일찍 끝내고, 결승전을 준비한다.

보통의 무대를 준비하는 시간이 1주일이라면, 결승전은 2주 혹은 3주의 시간을 들여서 준비한다.

이는 편집의 마술이 들어가지 않는 라이브가 그만큼 어렵기 때문이었다.

한데, 쇼미는 좀 이상한 선택을 했다.

준결승전, 그러니까 세미 파이널을 라이브에 가깝게 준비했다.

쌩 라이브는 아니었고, 세미 파이널을 녹화한 이후 이틀 뒤가 방송일이었다.

뿐만 아니라, 바로 일주일 뒤에 파이널 무대가 진행된다.

물론 우격다짐으로 밀어붙인 건 아니었고, 각 참가자들에게 미리미리 결승 곡을 준비하라는 이야기를 했다.

4강 탈락자들의 노래도 채널 모션 차원에서 푸시를 해줄 거니까, 걱정하지 말라는 말과 함께.

그러면서 8강과 4강 사이의 시간을 꽤 넉넉하게 잡아줬고.

"이래도 돼요?"

"그렇게 준비해도 파이널이 노잼이 아니었던 적이 없

는데……."

 당연히 제작진들 사이에서는 이런저런 말들이 나돌았다.

 쇼미 시즌 7은 역대급 시청률을 기록했다.

 당연히 제작진들도 유종의 미를 거두고 싶은 마음이 있을 수밖에 없었다.

 그게 다 본인들의 커리어가 되니까.

 그러니 이런 식으로 준결승전과 결승전을 번갯불에 콩 볶아 먹듯이 진행하는 게 마음에 들지 않는 이들도 많았다.

 물론 말단 스태프들이야 아무 상관없었지만.

 하지만 그 말단 스태프들로부터 윤정섭 피디의 선택의 이유가 들려왔다.

 "사오이가 가면을 벗을 거라서 그렇다는데요?"

 4강 녹화를 일찌감치 끝내고 실제 방송의 갭이 커지면 커질수록, 방청객들을 통해서 사오이의 정체가 외부로 공개된다.

 그러니 4강 녹화와 방송 송출의 갭을 최소화하겠다는 생각.

 "아니 진짜 그 정도로 유명한 사람인가?"

 "반대 아닐까요? 방청객들을 통해서 애매한 듣보잡인 게 밝혀지면 정체에 대한 긴장감이 떨어지니까."

"아, 그럴 수도 있겠네."

"오소희 작가님은 뭐래요?"

"언니는 맨날 피디님이랑 쑥덕거리기만 하더라."

"오소희 작가님이 놀란 거 찍힌 건 픽션이죠?"

"거기 카메라 배치한 건 피디님이 했는데, 왕언니 반응 자체는 실화였어."

"4강에서 얼굴이 공개된단 말이지······."

"궁금하긴 하다."

사실 제작진들은 자신들조차 출연진의 정체를 알지 못하는 게 당황스러웠다.

보통 이렇게 방송이 오래 진행되다 보면 어떤 경로로든 알기 마련이니까.

그런 시간들이 흘렀고, 마침내 세미 파이널 무대의 녹화일이 다가왔다.

방청객들의 입장이 시작되고, 무대가 준비된다.

편집의 마술이 들어가는 본방송에서는 무대를 준비하는 VCR과 이런저런 연출들이 들어가지만, 현장은 아니다.

4번의 무대가 굉장히 띄엄띄엄 펼쳐지며, 대기하는 시간은 지겹다.

그렇기 때문에 무대의 퀄리티에 따라 솔직한 반응들이 나온다.

내가 이딴 무대를 보려고 몇 시간을 서 있던 게 아닌데.

혹은.

이런 무대라면 대기할 만한 가치가 있네.

물론 방송에서는 방청객들이 환호하는 컷들을 따서 붙이지만, 어쨌든 현장은 그랬다.

그런 의미에서 이번 세미 파이널 무대는 좋은 의미로 역대급이었다.

"와, 뭐야."

"개잘한다."

첫 번째 순서로 등장한 신데렐라 스토리의 주인공, 블스(블루스크린은 결국 랩 네임을 바꿨다)의 무대는 뛰어났고.

두 번째로 등장한 브리드는, 자신이 왜 참가하자마자 우승 후보로 분류됐는지를 증명했다.

세 번째로, 대체 쇼미에 왜 나왔는지 모를 세비어의 무대는 완벽했다.

블스-브리드-세비어.

방청객들을 만족시킨 3개의 무대.

그리고 그 뒤로.

"오, 한다."

"사오이다."

사오이가 무대 위로 올랐다.

* * *

사실 개인적으로 랩을 엄청나게 좋아하진 않는다.

음악에는 수준이 없다지만, 근본 인디충이었던 내 눈에는 수준 낮은 음악처럼 들렸으니까.

그래서 내가 랩에 도전한 건 상당히 늦었다.

몇 회차였더라?

적어도 20회차는 넘었다.

미국에 도착해서 할 수 있는 대부분의 것들을 찍어 먹어 본 다음에 도전했으니까, 30회차가 넘었을 수도 있다.

아마 가스펠을 해 볼까, 랩을 할까 하다가 랩을 했던 것 같다.

하지만 막상 랩에 도전하는 회차를 살면서, 생각보다 이 음악이 재미있다는 생각을 했다.

랩은 세상 그 무엇보다 솔직한 말을 할 수 있다.

재미있는 건, 그래서 거짓말을 해도 상관없다는 것이었다.

내가 세상에서 가장 멋진 사람이 확실하다고 고래고래 소리를 질려도 상관없다.

거짓말이지만, 그 누구도 의심하지 않는다.

그러니 랩 안에서 진실과 거짓의 경계는 흐려지고, 대중들이 어떻게 받아들이는지가 중요해진다.

날 보며 '진짜 멋있네'라고 생각하는 사람은 저 거짓말을 진실로 받아들인다.

날 보고 '존나 멋없네'라고 말하는 사람은 거짓 허세로 받아들인다.

그래서 난 랩을 할 때면 '거짓인 척하는 진실'을 말하곤 했다.

심지어 내가 사거리의 악마를 만나서 무한 회귀를 하고 있으며, 이걸 끝내고 싶으니 앨범 좀 사 달라는 랩을 한 적도 있었다.

제목은 〈The Devil Blues〉.

그래 맞다.

세상에 처음으로 사거리의 악마가 있다는 걸 알린, 록의 아버지 로버트 존슨의 곡을 오마주한 제목이다.

내가 이 곡에 적은 가사는 전부 진실이었다.

그리고 빌보드 1위를 했다.

진실을 말할 수 있는 대나무 숲에라도 들어간 기분이었다.

이렇게까지 시원하게 내 이야기를 털어놓아 본 적이 없으니까.

그리고 사람들은 이걸 단순한 스토리텔링으로 받아들였다.

영미권에서 가사를 해석하는 걸로 유명 사이트인 지니어스에서는 이걸 재미있는 상징으로 여겼다.

수많은 해석이 쏟아졌다.

〈자이온은 일부러 로버트 존슨의 곡을 오마주하여 로버트 존슨을 유혹한 '사거리의 악마'가 자신까지 유혹한 것처럼 서술했다.

하지만 자세히 들여다보면 이곡은 '사거리의 악마'의 관점에서 쓰인 곡이다.

즉, 자이온은 스스로를 사거리의 악마라고 칭하고 있으며, 이 같은 메타포는…….〉

그중에는 내가 보기에도 깜짝 놀랄 만큼 참신하고 완벽한 해석들이 있었다.

사람들은 그 해석을 주류로 받아들였고, 이윽고 내 곡의 가사에 담긴 뜻이 정해졌다.

우습지 않은가?

난 그런 의미를 가지고 쓴 가사가 아니었는데, 사람들이 그렇게 본다는 이유로 의미가 바뀐다는 게.

이는 무한 회귀자의 삶과 같다.

무한한 회귀를 시작하면서 내 삶이 없어진 지는 한참 됐다.

중요한 건 사람들 눈에 어떻게 보이는지였다.

그래서 난 까칠한 천재를 연기할 때도 있고, 여유로운 젠틀맨을 연기할 때도 있다.

한데, 요즘은 뭔가 좀 이상하다.

본래 나는 무대에서만 리얼리즘을 느끼는 사람이었는데, 다른 것에서 리얼리즘이 느껴진다.

충동.

남에게 어떻게 보이는지가 나에겐 가장 중요한 과업이었는데, 지금은 다르다.

내가 가지고 있는 충동을 쏟아내고 싶다.

그렇게…….

무대가 시작되었다.

* * *

베이스는 섹시한 악기다.

자신의 모습을 잘 보여 주지 않지만, 가끔씩 보여 주는 매력이 유독 그렇다.

그래서 어떤 뮤지션들은 베이스가 전면에 나서는 인트로를 배치할 때도 있었다.

지금 사오이가 보여 주는 곡도 그러했다.

방청객들이 볼 수 있는 스크린에 떠오른 제목은 〈Reality〉.

듬듬 거리는 베이스가 유려한 리듬을 타며 사람들의 어깨를 절로 들썩이게 했다.

본방송에서는 사오이가 베이스를 치는 장면이 들어가겠지만, 현장의 방청객들은 아니었다.

하지만 상관없었다.

상상이 됐으니까.

그렇게 섹시한 베이스 솔로가 10초가량 연주 되었을 때, 사람들은 본능적으로 드럼을 찾았다.

여기 드럼이 딱 올라가고, 악기들이 쌓이고, 사오이의 목소리가 얹어지고.

그러면 완벽한 만찬일 것 같다는 본능이 들었으니까.

하지만 사오이는 그러지 않았다.

When i was Zero

어떤 리듬감을 가진 목소리가 탁, 등장했다.

심사위원 중 한 명인 프로듀서 쿄는 사오이의 음악이 선명해서 좋다고 했다.

대부분의 뮤지션들이 하고 싶은 걸 하거나, 할 수 있는 걸 하지만, 사오이는 선명한 의도가 있다.
　이걸로 이렇게 이들을 즐겁게 해 줘야지.
　이런 청사진과 비전이 느껴진다.
　그렇다면 이곡의 비전은 뭐지?

When i was Zero

　다시 똑같은 문장이 가사로 토해졌다.
　하지만 아까 보여 줬던 리듬감과 다르다.
　미묘하게 단어가 가지고 있는 음역대가 다르고, 단어와 단어 사이의 여백이 다르다.
　보다 기타 같다고 해야 하나?

When i was Zero

　또다시 다르다.
　When I was zero에는 치찰음이 없다.
　한데 어떻게 넣었는지 모를 치찰음의 느낌이 있다.
　무슨 짓을 한 거지?

When i was Zero

사오이는 베이스 연주 위로 네 번이나 똑같은 문장을 말했다.

하지만 문장을 표현하는 느낌이 다 달랐다.

그러다 보니 베이스 연주 사이로 묻어나는 느낌도 달랐다.

사람들은 뒤늦게 가사의 뜻에 대해 생각했다.

내가 제로였을 때?

제로가 뭐지?

태어나기 전의 순간을 의미하는 건가?

아니면 종교적인 의미의 무(無)를 의미하는 건가?

하지만 아니었다.

0회차였을 때.

물론, 아무도 모르겠지만.

일정한 타이밍과 박자를 맞춰 들어가선 'When I was zero'라는 말이 더 이상 들리지 않았다.

고개를 까닥이던 이들이 뭔가 싶어서 사오이를 쳐다보는데.

그 의식의 방심을 뚫고 엇박으로 랩이 시작되었다.

When i was Zero
내가 나였을 때
두 평짜리 연습실로

기타를 메고 출근했을 때

 그 순간, 베이스 연주 위로 단번에 피아노, 기타, 드럼이 한 번에 쏟아져 내린다.
 순식간에 완성된 사운드에 사람들이 입을 벌렸다.
 한데 뭔가 좀 이상하다.
 분명 처음 듣는 연주에 처음 듣는 멜로디다.
 한데, 어디서 들어 본 것 같다.
 게다가 사오이의 랩이 끝나자 훅 들어왔던 악기들은 사라졌다.
 여백에 남은 건 다시 둠둠 거리는 베이스뿐이었다.

When i was Zero
음악이 재밌었을 때
미로, 같은 악보 위로
바보 같이 웃었을 때

 마찬가지였다.
 사오이의 목소리가 등장하면 동시에 드럼, 피아노, 기타가 쏟아져 내리고, 사오이의 목소리가 사라지면 악기도 사라진다.

When i was Zero
첫 번째 공연 페이로 샀던
가족 식탁 위의
600g 소고기는 웰던

그 순간, 사람들은 드럼, 피아노, 기타의 연주를 어디서 들어 봤는지 뒤늦게 깨달았다.
When I was zero.
처음 사오이가 네 번이나 외쳤던 인트로.
그게 루프되는 드럼과 피아노와 기타의 사운드와 똑같았다.
이게 무슨 의미의 장치인지는 잘 모르겠다.
본래 모든 음악은 음악가들이 의미를 담아서 만들지만, 대중들은 잘 캐치하지 못하니까.
하지만 중요한 건 듣기 좋았다는 것이었다.
사오이의 랩이 시작되면 피어오르는 하모니.
랩이 사라지면 홀로 남는 베이스.
똑같이 루프되는 멜로디를 자유자재로 해석하는 사오이의 랩.
그리고, 선명하게 상상되는 사오이의 가사.
그 모든 것들이 무대를 지켜보고 있는 관객들을 훅 빨아들였다.

스탠딩 쇼처럼 아무런 무대 장치도 없이, 핀 조명과 긴 스탠드 마이크 달랑 하나 있는 무대.

그 무대에서 생동감이 느껴진다.

하지만 음악적 지식이 뛰어난 사람들, 특히 사오이의 잠재적 경쟁자인 프로듀서들은 묘한 기분을 느꼈다.

따지고 보면 단지 베이스와 목소리일 뿐이다.

목소리가 나올 때 악기가 함께 튀어나오긴 하지만, 곡을 이끌어 가는 구성은 아니다.

한데, 이게 왜 좋을까.

물론 이런 구성으로 끝까지 간다면 지겨울 거다.

그러나······.

'그렇게 단순할 리가.'

이번 시즌의 참가자들 중 유일한 프로듀서인 쿄는 사오이의 진짜 실력에 대해 알고 있었다.

사오이가 누군지는 정말 모르겠다.

정체에 대해서 알아보려고 힙합 프로듀싱 쪽을 샅샅이 뒤졌는데, 도무지 모르겠다.

하지만 저 사람의 재능은 진짜다.

자신이 태어나서 만나 본 모든 음악가들 중에 가장 뛰어나다.

그러니 자기 멋에 취한 구성으로 음악을 심심하게 만들 리가 없었다.

아니나 다를까.
베이스조차 사라진 무반주 위에 사오이가 말한다.

When i was Zero
그땐 몰랐는데,
What number am I on?
I don't have reality

그 순간, 스탠딩 쇼처럼 좁은 핀 조명 아래 보이던 무대가 일순간 확장된다.
빛이 펑 터져 나오며, 무대 뒤를 가리고 있던 커튼이 촤르륵 올라간다.
드럼, 베이스, 기타, 피아노.
네 개의 악기로 구성된 밴드가 풀 볼륨 연주를 시작하고, 'When I was zero'라는 사오이의 목소리가 악기처럼 쓰인다.
처음으로 완성된 사운드가 쏟아진다.
사람들이 '와아아아아'하는 비명을 질렀다.
한데 그 비명이 너무 커서 '이예에에에에'처럼 들릴 지경이었다.
그랬다.
지금까지 사오이가 보여 준 건, 인트로였을 뿐이었다.

16마디.

1분 8초짜리 인트로.

그 뒤로 드디어 〈Reality〉라는 곡이 시작되었다.

쏟아지는 연주의 소스 자체는 인트로에서 엿볼 수 있었던 것과 같았지만, 곡의 분위기가 확 바뀌었다.

앞서 인트로가 서정적이었다면, 지금은 웅장하면서도 묘하게 경쾌하다.

그 사이를 뚫고 사오이의 랩이 '오래 기다렸지?'라는 듯 다짜고짜 나아갔다.

무대 위에
오르기 전 Stage의
공기는 치열해

사람들은 사오이가 굳이 랩으로 뽐내지 않아서 좋다고 말한다.

듣기 좋은 형태에만 집중할 뿐, 잘난 척하려는 마음이 없다고.

하지만 이건 착각이다.

재즈의 거장이 '나 스윙 할 수 있어'라고 뽐을 내겠는가?

당연한 거니까, 당연하게 하는 거다.

그리고 그 정도쯤 되면 굳이 뽐을 내지 않아도 알아서 다 녹아들어 있다.

**무대 뒤에
긴장하는 온새미로
를 볼 때 제일 리얼해**

랩이란 음악은 현장 무대에서 모든 가사가 100% 들리지 않는다.

물론 가사의 딜리버리에만 집중해서 곡을 만든다면 불가능한 건 아니다.

하지만 이번 곡은 풀 볼륨 밴드였고, 알게 모르게 깔린 장치들이 많았다.

그래서 사람들은 사오이가 말하는 100%의 가사를 듣지 못했지만, 몇 단어는 분명히 들었다.

긴장하는 온새미로.

리얼해.

'온새미로? 그 세달백일?'

언뜻 그런 생각이 스쳐 지나갔지만, 무대가 진행 중이니 상념은 짧았다.

그저 자신이 잘못 들었거나, 다른 의미로 쓰인 가사일 거라고만 생각했지.

하지만 뭔가 좀 이상하다.

**구태환의 도입부가
깔리고 우린
Be a things**

구태환?
구태환이란 이름이 들리는 순간 거의 확실해졌다.
앞서 들린 온새미로는 세달백일의 온새미로다.
그럼 이번에 나온 구태환은 세달백일의 구태환이다.
Be a thing?
구태환의 도입부가 깔리면 화젯거리가 된다고?

**이온 형의 얼굴은
현실성 없어
비열해**

그 순간, 정말 눈치가 빠른 몇몇은 사오이의 정체를 깨달아 버렸다.
그런 말이 종종 있긴 했다.
사오이가 한시온이 아니냐고.
하지만 현실적으로 말이 되지 않는 부분이 많아서 흘러

지나가는 말일 뿐이었다.

하지만······.

**재성이는
춤추며 구경해
마치 Meerkat**

이게 한시온이 아니라면 말이 되는 가사 전개인가?

물론 현장에서 이런 생각을 한 사람은 극소수였다.

그냥 밴드가 주는 힘과, 랩이 주는 리듬감이 미친 듯이 터져 나오는 무대를 즐기는 사람이 더 많았다.

빠바빰!

그때 브라스가 터지고, 6초짜리 비트 브레이킹에 사오이가 멋대로 춤을 췄다.

사람들이 비명을 질렀다.

그동안 사오이가 보여 준 모습을 생각하면 무대에서 춤을 출 거라고는 상상도 못했으니까.

⟨Reality⟩.

이 곡의 메시지 전개는 명확했다.

인트로에서 말했던 삶이 본래 한시온의 리얼리티였다.

기타를 메고 2평짜리 작업실로 가고, 처음 얻은 공연 페이로 부모님에게 소고기를 사고.

하지만 그땐 몰랐다.

What number am I on?

내가 몇 번째인지 모를 정도로 지쳐 버린 시간을 헤매게 될 지도.

I don't have reality

그래서 결국 리얼리티를 잃어버리게 될지도.
하지만 결국 한시온은 다시 리얼리티를 되찾았다.
왜 이렇게 됐는지는 본인도 모르겠다.
이제는 안 그럴 때도 됐는데, 아직도 무대 뒤에서 벌벌 떠는 온새미로를 보면 여기가 현실인 것 같다.
구태환이 도입부가 깔리면 비로소 무대 위의 화젯거리가 되고, 현실성 없는 이이온의 얼굴은 현실성이 있다.
최재성은 항상 미어캣처럼 구경하며 형들의 이상한 점을 일기에 기록하고…….
무엇보다.
여기에 내가 있다.
생각해 보면 이번 생은 이상한 점이 참 많았다.
그 당시의 공기와 흐름들 때문에 테이크썬이 아닌 세달

백일을 선택했지만.

원래의 회귀자 한시온이었다면 테이크씬을 선택했을 것이었다.

세달백일 멤버들이 아무리 사람이 좋아도, 한시온은 사람을 믿지 않기 때문이었다.

그 이상한 간극 속에서 사실은 본인도 적응을 하지 못했던 것 같다.

언젠간 HR 코퍼레이션의 사장인 앤드류 브라이언트가 이런 말을 했다.

"자네는 앨범을 많이 팔고 싶다고 말하지만, 그렇다기에는 활동이 너무 순수하지 않나?"

이상하게 그 말에 기분이 좀 나빴었다.

그 뒤로 앤드류 브라이언트는 이 주제에 대해서 언급하지 않았었고.

하지만 한시온은 이제 깨달았다.

어느새 여기가 완벽한 자신의 현실이 됐다는 걸.

그걸, 이번 곡을 만들면서 알았다.

그러니까 이제 가면무도회는 끝이었다.

비단 얼굴을 가린 쇼미에 대한 이야기만은 아니었다.

마음속에 있는 장막.

그조차도 가면일 뿐이었으니까.

그사이, ⟨Reality⟩의 첫 번째 벌스가 끝이 났다.

후렴이 다가올 시간이었고, 노래를 부를 시간이었다.

한시온은 잠깐 노래를 부르지 않았다.

본래는 AR로 녹음 된 후렴의 위를 목소리로 덧입혀야 했지만, 그러지 않았다.

잠깐 소리 지르고, 웃고, 땀 흘리는 관객들을 쳐다보다가…….

복면을 벗었다.

그리곤 무대 아래로 복면을 던져 버리고는 후렴을 불렀다.

하지만 한시온의 후렴은 잘 들리지 않았다.

"야 미친!"

"우와아아아아아아아!"

"한시온이야!!"

객석 아래에서 너무 큰 소란이 벌어졌기 때문이었다.

* * *

"허, 참."

쇼미의 윤정섭 피디는 무대 위의 사오이, 아니 이제 한시온을 보며 너털웃음을 터트렸다.

하나부터 열까지, 지켜진 게 하나도 없다.

원래는 4강전에서 복면을 벗을 게 아니었다.

원래는 1절이 끝나고 복면을 벗을 것도 아니었고, 무대가 끝나고 벗기로 했었다.

심사의 형평성 문제 때문이었다.

한시온은 슈퍼스타고, 지난 18개월 동안 한국에서 가장 많은 앨범을 팔아 치운 아티스트였다.

그런 이가 무대 위에서 복면을 벗으면 관객들의 투표에 반영이 될 수밖에 없다.

한시온은 굳이 그런 것까지 신경 쓰진 않는 것 같았지만, 메인 연출자로서 신경이 쓰였다.

온전한 신화를 만들어 주고 싶었다.

복면을 쓰고 완벽한 우승 후에, 우승 소감에서 벗는다면?

그 어떤 잡음도 없고, 사람들의 인정밖에 남지 않는 서사가 된다.

한시온도 이에 동의했고.

하지만 그는 마음이 바뀌었고, 약속되지 않은 타이밍에 약속되지 않은 일들을 했다.

하지만…….

저런 건 연출할 수가 없다.

이성적으로는 자신이 만들어 낸 그림이 지금의 장면보

다 더 뛰어날 거다.

하지만 감성적으로는 저게 더 좋은 그림이다.

'멋지네.'

윤정섭은 문득 한시온을 보며 그런 생각이 들었다.

지금까지 세달백일이나 한시온의 음악은 완벽한 계산 아래 탄생한 차가운 음악 같았다.

물론 아티스트들이 마음은 뜨거웠으나, 기획은 분명 차가웠다.

하지만 앞으로는 왠지 뜨거운 음악을 할 것 같다.

윤정섭은 그런 생각을 하며, 그의 옆에 앉아 있었던 오소희를 불렀다.

"오 작가."

"……."

"오 작가?"

뭔가 싶어서 옆을 돌아보니, 오 작가가 눈물을 줄줄 흘리고 있었다.

감격해서.

"우리 애가 최고야……."

"그, 오 작가?"

"아 왜요!"

"자네 애가 될 수가 없어. 저 친구는 잘생겼잖아."

"그러는 피디님은 형이라고 불러 달라고 했다면서요.

노망이 났나. 양심도 없지."

"……."

잠깐 정신이 아득해졌지만, 금방 부여잡았다.

지금부터 그들이 해야 할 일이 있었다.

* * *

쇼미 7의 세미 파이널이 끝나고, 방청객들은 어마어마하게 상기되었다.

네 명의 무대가 완벽했다는 것과 경쟁이 치열했다는 것도 그들을 흥분시키는 요인이었다.

하지만 그보다는 사오이의 정체가 더더욱 흥분됐다.

'절대 말 안 해야지.'

이렇게 생각하는 사람들도 있었다.

하지만 그보다는.

'빨리 인터넷에 올려야지.'

라고 생각하는 이들이 더 많았다.

물론 이들 중에서도 누군가는 사오이가 한시온이라는 걸 알리지 않고 장난을 치려는 이들도 있었다.

너희 사오이가 누군지 알아?

나 세미 파이널 방청 가서 봤는데, 와 진짜 깜짝 놀랐다.

이거 방송되면 대한민국 뒤집어질 듯.

이 정도면 방청객들이 방송국과 하는 비밀 유지 서약도 지키고, 잘난 척도 할 수 있었으니까.

하지만 대놓고 사오이 = 한시온을 말하려는 이들도 많았다.

그런 모든 이들이 인터넷에 접속해 각자의 커뮤니티에 들어가는 순간이었다.

[사오이 정체?]
[사오이 아이돌?]
[아니 그래서 사오이는 그림자 분신술을 쓰는 거임?]

온갖 화제의 글들이 대부분 사오이로 도배가 되어 있었다.

벌써 누군가 말했나 싶어서 인터넷에 들어가니 난리도 아니었다.

방청 증거를 첨부한 수많은 이들이 각자 사오이가 누구라고 말하고 있었다.

-사오이 가면 벗는 순간 기절하는 줄 알았다. 와 드롭아웃이 거기서 딱 나오냐.
-뭔 소리야. 한시온이었잖아.
-뭔 소리야. 피아니스트 오재율이었는데.

-;; 니네 뭐하냐. 커리(1세대 래퍼)였는데.

본래 진실은 숨겨서는 숨겨지지 않는다.
진실은 거짓말 속에 숨겨야 한다.

-아니 ㅅㅂ 그래서 사오이가 누구라는 건데.
-분신술 쓰는 듯;
-아니 ㅈㄴ 이상한 게 다들 방청 다녀온 증거를 첨부하는데 왜 하는 말이 다 다르지?
-방송국에서 프락치 심은 듯.
-ㅋㅋㅋ이거다ㅋㅋㅋ

누군가 장난처럼 한 말이 사실이었다.
윤정섭 피디와 오소희 작가가 해야 할 가장 급한 일이 이것이었다.
인터넷에 거짓을 뿌리는 것.
물론 누군가 무대 위의 한시온을 흐릿하게 찍은 사진을 올리기도 했지만.

(사진)(사진)

그런 건 반격하기 쉬웠다.

대충 다른 가수가 무대 위에 있는 사진을 올리면 되니까.

물론 이런 건 방송국 차원에서 할 만한 일이 아니었기에, 극비로 이루어진 일이었다.

사실 인력이 많이 필요한 일도 아니고.

그렇게 세미 파이널 녹화가 끝났음에도 사오이의 정체에 대한 비밀은 지켜졌다.

그리고…….

마침내 세미 파이널 무대가 실제 방송으로 송출될 날이 다가왔다.

* * *

-ㅅㅂ 광고 ㅈㄴ 기네.

-오늘 재밌을 듯. 원래 쇼미는 세미 파이널이 젤 재밌는 게 국룰이라구ㅋㅋ

-ㅇㅈㅋㅋㅋㅋ

-누가 스포 올린 거 보니까 사오이랑 브리드가 결승에 올라갔다던데.

-블스 떨어짐?

-솔직히 블스는 4강도 고평가임. 8강이나 16강에서 떨어졌어야 함

-아니 근데 스포라고 올라온 게 다 말이 너무 다름; 누구는 세비어랑 사오이가 올라갔다고 하고.
-내가 본 건 블스랑 사오이였는데?
-일단 사오이는 올라갔나 보네. 다 끼어 있네.
-사오이 복면 벗었단 소리는 진짜임?
-그건 진짜 같던데 분탕이 너무 많음; NOP 멤버 이름 다 거론되고, 드롭 아웃에 세달백일에 심지어 도재욱도 나옴ㅋㅋㅋ
-피아니스트 이름도 나오던데.
-ㅇㅇ 근데 그 피아니스트 키가 160 후반인데, 사오이는 딱 봐도 180 넘잖아.
-깔창 꼈을 수도 있지.
-깔창으로 10cm 이상을 커버하면 그건 킬힐 아니냐.
-아 뭔 상관이야 방송 보면 나오겠지ㅋㅋ
-오 시작한다.

* * *

세미 파이널 방송은 시청자들을 만족시켰다.
쇼미의 시청자는 보통 두 부류로 나뉜다.
첫 번째는 랩 뮤직을 좋아하는 사람들.
두 번째는 오디션 프로그램을 좋아하는 사람들.

그리고 이번 방송은 두 부류를 모두 만족시키는 방송이었다.

-블스 무대 보고 무조건 올라간다고 생각했는데, 브리드랑 세비어 뭐냐ㅋㅋ
-진심 ㅈㄴ 잘한다. 베테랑들은 확실히 중요할 때 더 잘함.
-인기 투표에서는 누가 이기냐?
-글케 따지면 브리드나 사오이가 제일 인기 많을걸?
-사오이는 복면 벗으면 인기 급락할 수도 있음ㅋㅋ 못생기면 어캄.
-내 친구가 한시온이라던데?
-그거 분탕임ㅋㅋㅋ 아주 온갖 커뮤에서 난리임.
-ㄴㄴ 친구가 세미 파이널 직접 방청했음.
-분탕쉑 ㄲㅈ
-오늘 얼굴 까긴 하겠지?
-ㅇㅇㅇ 그건 맞는 거 같아.

그렇게 마침내 사오이의 차례가 다가왔다.
사오이가 프로듀서 쿄와 함께 무대를 기획하는 VCR들이 연이어 나온다.

-얘는 진짜 프로듀서 개무시하네ㅋㅋㅋ 자기 하고 싶은 대로 해.
-무시가 아니지 않음? 쿄가 그렇게 하고 싶다잖아. 자기도 사오이가 만든 음악이 좋다면서.
-쿄팀 간 게 신의 한수임.
-쿄가 하는 말을 받아들일 때도 많음.

한데 이어지는 상황은 흐름이 이상했다.
3일 정도로 보이는 시간 동안 무대가 차곡차곡 준비되고 있었는데, 합주시로 연습을 하러 온 사오이가 한편에 놓여 있는 베이스를 멍하니 보고 있었다.
쿄는 다른 일을 하고 있었기에 사오이의 행동을 알지 못했다.
그렇게 VCR에서 사오이는 꽤 오랫동안 베이스를 쳐다보고 있었다.
사실 실제 시간으로 따지면 10분이 조금 안 됐을 것이었다.
하지만 그렇다고 짧은 시간도 아니긴 했다.
현대인들이 아무 것도 하지 않고 10분 동안 생각에 잠겨 있는 경우가 드물 거니까.
그때 쿄가 다가왔다.
쿄는 사오이가 얼마나 오랫동안 베이스를 쳐다보고 있

었는지 모르기 때문에, 그냥 가볍게 물었다.

[베이스는 왜요?]
[그냥, 갑자기 치고 싶다는 생각이 들어서요.]
[치면 되지 않아요?]
[아뇨, 그런 게 아니라……. 어떤 충동 때문에 악기를 연주해 본 게 너무 옛날 일인 거 같아서요.]
[영감을 받아서 연주를 하는 경우가 없다고요?]
[아뇨, 있죠. 당연히 있죠. 근데 그 영감은 다 구체적인 목표가 있으니 끌어서 쓰는 거잖아요.]

쿄는 사오이의 말을 이해하지 못했다.
그는 회귀자가 아니었기 때문에, 무한한 회귀를 반복하는 사람이 어떻게 곡을 쓰는지 모르기 때문이었다.
한시온도 뮤지션이기 때문에 영감을 받아서 곡을 썼다.
그리고 그 영감은 현재의 상황이나 멤버들에게서 많이 오고.
하지만 쓰임이 없는 영감은 없다.
무작정 어떤 멜로디를 연주해 보고 싶다는 생각 자체를 안 한다.
왜냐하면, 그의 목표가 2억 장의 피지컬 앨범 판매기 때문이었다.

원래 아티스트의 인기는 하락 그래프를 그린다.

데뷔 첫해에 2천만 장을 팔았다고, 다음 해에도 2천만 장을 파는 게 아니다.

보통은 더 떨어진다.

왜냐하면 아티스트가 주는 충격, 생소함, 희귀성 같은 것들이 점점 줄어들기 때문이다.

그러니 비슷한 수준의 음악을 낸다면 앨범의 판매량은 필연적으로 줄어든다.

점점 더 좋은 음악을 내도 간신히 유지를 하거나, 떨어진다.

이걸 인정했기 때문에 한시온도 어느 순간부터는 항상 팀으로 활동하는 것이었다.

혼자서는 이런 문제점을 해결할 수가 없지만, 팀은 해결할 수 있으니까.

다만, 팀원들이 거듭된 성공 끝에도 향상심을 유지할 수 없거나, GOTM처럼 몇 번을 반복해도 명확한 한계를 넘지 못했을 뿐.

그러니 한시온의 입장에서 경연이 코앞인데 정말 쓸데없는 베이스 연주를 하고 싶은 건 이상한 일이었다.

쓸모가 없지 않은가.

당장 힙합 곡을 만든다고 하더라도 쇼미 활동이 끝나면 부를 일도 없을 텐데.

그렇다고 5인 보컬 체제인(최재성이 아직 래퍼가 된 건 아니니) 세달백일이 힙합 곡을 부를 수 있는 것도 아니었다.

애초에 아이돌의 작법과 힙합의 작법은 다른 점이 많았으니까.

설령 힙합 아이돌이라고 하더라도.

하지만 그렇기 때문에.

[뭔가 굉장히 순수한 충동 같아서 당황스럽네요.]

그렇게 말한 사오이가 베이스로 다가갔다.

복면을 쓰고 있어서 어떤 표정인지는 알 수 없었지만, 어딘지 조금 멍한 느낌일 것 같다.

사실 시청자들은 경연 무대를 준비하면서 왜 이런 쓸데없는 장면을 보여 주는 건지를 이해하지 못했다.

또한 사오이의 멘트가 약간 중2병스럽다고 생각하기도 했고.

하지만 그 모든 건 사오이가 베이스를 치면서 달라졌다.

듬듬거리며 질주하는 베이스 연주는 베이스에 대해 아무 것도 모르는 사람조차 깜짝 놀라게 만들 힘이 있었으니까.

당연했다.

한시온은 빅터 우튼을 카피해서 베이스를 배웠다.

특별한 일은 아니었다.

사실 현대의 베이스 연주자들 중 빅터 우튼의 영향을 받지 않은 사람이 없을 테니까.

하지만 한시온은 빅터 우튼에게 직접 인정을 받은 적이 있었다.

넌 아마 나 다음으로 베이스를 잘 치는 사람일 거라면서.

그게 꽤 위로가 됐었다.

당시의 한시온은 상당히 지친 상태였고, 더는 뭔가를 기획하거나 전면에 나서는 주인공이 되고 싶지 않았었다.

그래서 미래가 창창한 멤버들을 모은 다음에 베이스만 줄창 쳤다.

작곡을 하는 것 말고는 모든 스포트라이트나 주인공 역할은 팀원들에게 맡기고.

꽤 잘나갔었지만, 역시 향상심이 문제였다.

3년의 활동 끝에 밴드는 해체했고, 그때 판매량이 2,400만 장이었다.

참고로 단일 앨범 판매량이었다.

어마어마한 성적을 거둔 이 밴드는 한 장의 정규 앨범밖에 내지 않았으니까.

그렇게 밴드가 해체되니, 정말 온갖 밴드에서 연락이

왔었다.

한시온 정도의 베이스 연주자를 구하는 건 쉽지 않은 일이었으니까.

그런 연주였다.

힘이 없을 수가 없었다.

그렇게 연주가 채 끝나지도 않았는데, 사오이가 자리에서 벌떡 일어나 피아노 앞으로 갔다.

그리곤 신명 나게 연주하고, 다시 기타를 쳤다.

이 장면 자체는 쇼미에서 길게 보여지지 않았지만, 임팩트가 있었다.

그때 사오이가 말했다.

[현실성이 느껴지네요.]
[무슨 현실성이요?]
[그냥요. 제가 왜 이런 현실성을 느끼는지 확인을 해봐야겠어요.]

복면 너머로 희미하게 웃고 있는 것 같은 사오이가 말한다.

[곡을 좀 바꿀게요.]

이게 VCR의 끝이었다.

어느새 핀 조명하나 박혀 있는 무대 위의 복면 쓴 남자에게로 화면이 돌아갔으니까.

다른 팀의 무대 준비처럼 어려움이 있거나, 갈등이 있지도 않았다.

하지만 기대는 됐다.

꼭 사오이가 보여 준 연주의 수준이 뛰어나기 때문은 아니었다.

그보다, 사오이의 태도가 진실해 보였기 때문이었다.

〈Reality〉.

곡의 제목이 떠오르고.

[When i was Zero]

곡이 시작되었다.

VCR에 나왔던 베이스 연주와 사오이의 목소리가 주는 재미.

사오이의 목소리가 튀어나올 때면 악기들이 쏟아지고, 사오이의 목소리가 사라지면 악기들도 자취를 감춘다.

그렇게 진행되는 16마디.

한시온의 0회차를 암시하는 가사들은 꽤 선명했고, 사람들은 사오이의 어린 시절을 떠올렸다.

기타를 메고 작업실로 가고, 공연 페이로 가족 외식을 하는.

-오 쩐다ㅋㅋㅋㅋ
-개간지ㅋㅋㅋ

정신없이 무대를 보면서도 댓글을 달던 사람들은, 이내 이것이 인트로에 불과했다는 걸 깨닫고 키보드에서 손을 뗐다.

핀 조명 아래의 사오이를 극단적으로 좁혀 잡던 카메라가 한순간 화면을 확장시킨다.

이는 일순간 사오이의 세계가 넓어지는 것 같은 효과를 주는 카메라 워킹이었다.

이윽고 환한 조명이 쏟아지고, 무대 뒤를 가리고 있던 커튼이 올라간다.

동시에 4개의 악기로 구성된 밴드가 사운드를 토해 낸다.

그렇게 랩이 시작된다.

무대 위에

오르기 전 Stage의
공기는 치열해

무대 뒤에
긴장하는 온새미로
를 볼 때 제일 리얼해

 현장에서는 곧장 반응이 오지 않았었다.
 가사를 100% 들을 수 없었고, 가사가 들린다고 하더라도 확신을 가질 수 없으니까.
 뜬금없는 단어가 들리면 내가 뭔가 잘못 들었다고 생각하는 게 흔한 반응이었다.
 하지만 방송은 다르다.
 명확한 자막이 나가고 있었으니까.
 사람들은 갑자기 등장한 '온새미로'라는 단어에 당황했지만, 인터넷 세상에 들어가진 않았다.
 그보다는 무대를 좀 더 집중해서 보고 싶었다.

구태환의 도입부가
깔리고 우린
Be a things

이온 형의 얼굴은
현실성 없어
비열해

재성이는
춤추며 구경해
마치 Meerkat

어이없는 말이지만, 시청자들은 갈등했다.
지금 들리는 저 충격적인 가사들에 대한 감상을 인터넷, 혹은 친구들과 토로해야 한다는 충동을 느끼면서도.
순식간에 스쳐 지나가는 무대에서 눈을 떼면 안 된다는 감정도 느꼈다.
그 두 개의 감정이 워낙 강렬했기 때문에 갈등이 되는 것이었다.
그와 동시에 의문을 품었다.
저건 누가 봐도 세달백일의 이야기였고, 화자가 한시온이다.
하지만 진짜?
진짜 그럴 수가 있나?
빠바빰!
그때 브라스가 터지고, 6초짜리 비트 브레이킹에 사오

이가 멋대로 춤을 춘다.

티티는 곧장 알아봤다.

춤선이라는 게 생각보다 더 사람을 잘 드러내는 부분이 있는데, 한시온의 춤선은 특이한 부분이 있었으니까.

그들은 비명을 내지르며 공홈에 접속했다.

지금 그들이 보고 있는 사실을 알려 주기 위해서.

하지만 필요가 없었다.

사오이가 복면을 벗었다.

순식간에 모든 소리가 사라진 화면에서 카메라가 방청객들의 얼굴을 스치고 지나간다.

그들 중 누구 한 명도 '예상했어'라는 반응은 없었다.

전부 경악을 하면서 소리를 내지르고 있었다.

네티즌들도 마찬가지였다.

[미미미미미친!!! 사오이가 한시온이야!!!!]
[내가 말했잖아!! 몸선이 한시온 같다고!!]

SNS는 난리가 났고.

-헐 시발.
-한시온이라고?한시온이라고?한시온이라고?한시온이라고?한시온이라고?

-미친 진짜 존나 단 0.01%도 상상해 본 적이 없는데.
-와 시발 누가 아이돌이라고 할 때마다 ㅈㄴ 뭐라고 했는데;

 방송을 따라오며 실시간으로 소통을 하던 이들도 난리가 났다.
 그 난리 속에서 드디어 복면을 벗은 한시온이 무대를 즐기고 있었다.
 리얼리티.
 현실성.
 그것을 만끽하면서.

* * *

 방송이 마무리된 쇼미 시즌 7 세미 파이널의 생존자는 세비어와 사오이였다.
 하지만 결승 진출자에 대해 이야기하는 사람은 거의 없었다.
 결승 진출자가 누구인지에 대한 이야기로 가득 찼지.
 비슷한 말 같지만 다르다.
 사오이로 등장한 '한시온'에 대한 이야기였으니까.
 인터넷, 아니 대한민국의 반응은 그야말로 충격이었다.

최근엔 힙합의 인기가 많이 저물었지만, 지난 몇 년간 힙합은 한국 대중음악의 메인스트림이었다.

당연히 대중들도 자연스럽게 힙합에 익숙해졌고, 래퍼에 익숙해졌다.

그러니 꼭 TV로 쇼미를 시청하지 않더라도, 유튜브나 SNS의 클립 정도는 보는 이들이 많았다.

특히, 사오이에 대해서는 모두가 알고 있었다.

복면을 뒤집어쓰고 나온 정체불명의 실력자.

수많은 렉카들이 사오이의 정체에 대해 추측했고, 대중들 사이에서도 빈번한 대화 주제였다.

한데, 그 사오이가 한시온이라고?

한시온이 누구던가.

커밍업 넥스트와 라이언 엔터를 박차고 나와서, 세달백일이란 팀을 만든 스타.

아이돌은 '아이돌'이란 고정 관념에서 벗어나는 게 쉽지 않다.

한국에서 노래를 제일 잘하는 사람이 아이돌이라고 하더라도, 그걸 인정받는 건 정말 어렵다.

여전히 많은 사람들이 케이팝 아이돌을 공장에서 찍어내는 매스 미디어 스타라고 생각하기 때문이었다.

물론 한시온은 이 같은 관념에서 한 발자국 떨어져 있는 존재긴 했다.

해 온 일이 워낙 대단하니까.

하지만 그렇다고 완벽히 벗어나 있냐면, 그건 또 아니다.

-한시온이 잘하긴 하는데, 아이돌 아니었으면 이 정도까지 대접받진 않았을걸?
-ㅇㅇ 한시온이 인정받는 건 연습생 기간이 없어서 그럼.
-잘하긴 하지. 아이돌 중에서 레전더리 재능임.

논리적으로는 말도 안 되는 이야기다.

아이돌이라서 빌보드 차트에 오른 앨범을 만든 게 아니고, 아이돌이라서 애플의 광고 음악에 선택된 게 아니니까.

하지만 대중의 감성에는 어느 정도 맞는 이야기이기도 했다.

그러니 '한시온 = 사오이'는 완벽한 반전이었다.

모든 참가자들이 벽을 느낀 천재.

머리부터 발끝까지 재능으로 도배한 것 같은 천재.

복면 뒤에 누가 있어도 어색할 것 같던 천재가, 세달백일의 한시온인 거니까.

이제부터는 흔히 '억까'라고 부르는 억지스러운 공격은

전혀 안 통한다.

-(스크린샷)(스크린샷)
-힙찔이들 단체 멘붕 옴ㅋㅋㅋ
-맨날 아이돌 음악 무시하더니 ㅈㄴ 웃기네ㅋㅋㅋㅋ

한시온이 실력을 증명하는 데 있어서 그 어떤 마케팅 수단도 동원하지 않았기 때문이었다.
물론 제작진이 방송적으로 밀어주긴 했다.
하지만 그 마케팅 푸쉬는 유명세 때문이 아니라, 실력 때문이었다.
사오이가 한시온이 아니라고 하더라도 똑같은 푸쉬를 받아도 이상하지 않으니까.
그러니 대중들의 반응은…….

-아니 이게 말이 되나?
-개꿀잼 몰카 아니고?
-한시온이라고? 진짜 한시온이라고?

처음엔 부정했다.
그러나 부정은 짧았다.
부정할 수 있을 만한 부분이 없었으니까.

그 다음에는 감탄했다.

-아니, 진짜 뭐지 한시온은?
-연주 최상급, 노래 최상급, 작곡 최상급, 랩 최상급.
-최상급이 아니라 걍 대부분 1등 아니냐.
-연주는 1등 아니지;
-ㄴㄴ 베이스 연주자로 엄청 유명한 외국 유튜버가 사오이가 베이스 치는 거 보고 ㄹㅇ 감탄하는 영상 있음. 조만간 자막 붙어서 인급동 상위로 치고 올라올 거 같던다.
-그럼 노래는 1등인가?
-당연하지.
-왜?
-야, 생각해 봐. 우리가 마싱 명졸자를 ㅈㄴ 높게 치잖아? 마싱입퇴의 철퇴를 피해서 우승하는 게 진짜 힘드니까.
-ㅇㅇ 근데?
-온새미로, 구태환이 명졸자에 이이온은 까비명졸자란 말이지.
-ㅇㅇ 근데?
-근데 얘들이 한시온 옆에 있으면 막 엄청 잘해 보이지 않는단 말이지.

-흠.
-결론은 한시온이 미친놈이 아닐까?
-ㅅㅂ 얼굴이라도 못생길 것이지.
-심지어 몸도 좋아; 뮤직비디오 연출한 거 보면 머리도 좋은 거 같던데;
-진짜 기분 개나쁘네ㅠㅠㅠㅠ

감탄 다음은 인식이었다.

-근데 곰곰이 생각해 보면 한시온이 대한민국 역대 최고 재능 아니냐? 세달백일은 역대 최고 팀이고.
-갑자기?
-아니 어제 나무위키에 정리된 한시온이랑 세달백일 항목을 봤는데, 첨엔 별생각 없었는데 미친놈인 거 같아서.
-와 나랑 똑같은 생각하셨네. 나도 어제 그거 보고는 진짜 미친놈 같더라.
-ㅇㅇ 따지고 보면 맨몸에서 시작해서 2년도 안 되는 기간 동안 여기에 온 거임.
-맨몸은 좀 아니지 않나? 커밍업 넥스트에서 인기를 얻었는데.
-그렇긴 한데, 일 년에 오디션 프로그램이 몇 개가 나

오고 거기에 몇 명이 출연하는지 생각해 봐. 막 엄청 대단한 것도 아님.

-그 나무위키에 한시온 작곡 목록 정리된 거 봤냐? ㅋㅋㅋㅋㅋ

-봤음ㅋㅋㅋ 일간 차트 1위가 아닌 곡이 별로 없던데.

-1위가 아닌 건 대부분 앨범이 한 번에 드롭돼서 그래ㅋㅋㅋㅋ

-난 판매량 보고 기겁함. 세달백일이 앨범 많이 팔았는지는 알았는데, 이렇게까지 많이 판 줄은 몰랐어.

-한국에서만 1집+2집+유닛 3종 합쳐서 천만 장 훌쩍 넘었음; 이천만 장도 쳐다보고 있음.

-미국에서 700만 장이나 팔아 치운 게 레전드 아니냐.

-그거 현재진행형임ㅋㅋ 아직 반영도 덜 됐고.

-옛날에 누가 '우리는 힙시온의 시대에 살고 있다'라고 하는 거 보고 웃었는데, 웃을 일이 아닌 듯;

한시온의 실력과 재능이 어느 정도인지 제대로 인식하는 순간이었다.

물론, 이미 이걸 알고 있는 사람도 있었다.

세달백일의 팬덤인 티티였다.

-아니ㅠㅠㅠ 어느 그룹이 개인 활동으로 이렇게 대한

민국을 뒤집어 놓냐구ㅠㅠㅠㅠ

-나 진짜진짜진짜 사오이 볼 때마다 묘하게 시온이 같다고 생각했는데, 친구들이 맨날 비웃었거든?

-나도 그래ㅠㅠㅠ

이들은 평소 불만이 좀 있었다.

사람들이 세달백일이 해온 위대한 업적에 대해서 명확히 인식하지 못하고 있다는 불만.

하지만 그게 싹 사라졌다.

온새미로의 개인 앨범, 구태환의 명졸, 이이온의 아까운 명졸 실패, 그리고 쇼미의 결승 진출까지.

이 모든 사건들이 지난 몇 달 동안 대한민국을 뒤흔들어 놓고 있었기 때문이었다.

그리고 마지막으로, 사오이가 한시온이라는 사실에 절망한 이들도 있었다.

"아, 진짜 뭐냐······."

"하, 그러게."

바로 엔터테인먼트 업계의 사람들이었다.

이들은 사오이가 누구든 계약서를 내밀 준비를 하고 있었다.

심지어 얼굴이 좀 못생겨도 개의치 않을 작정이었다.

생김새가 지나치게 비호감만 아니라면 사오이는 무궁

무진하게 활용할 수 있는 마케팅 소재이기 때문이었다.

물론 사오이가 특정 회사에 소속되어 있을 수도 있겠지만, 아닐 확률이 더 높았다.

사오이란 캐릭터가 연일 주가를 올리고 있는데, '엣헴' 하며 나서는 회사가 단 하나도 없었기 때문이었다.

사오이를 보유한 회사가 있다면 대놓고 말은 못해도 은연중에 티를 낼 수밖에 없는데, 그게 아니었으니까.

그래서 엔터테인먼트 업계에서는 '사오이를 잡아라' 눈치 게임이 진행 중이었고, 진짜 빅 딜을 준비 중인 곳도 있었다.

한데, 전부 쓸데없어졌다.

한시온이었으니까.

"씨발, 내가 대표님한테 사오이 잡아오겠다고 큰소리 쳤는데."

"너만 쳤냐. 나도 쳤지."

그런 대화 끝의 귀결은 한시온이었다.

"근데 걔는 도대체 뭘까? 뭐가 막 보이나?"

"뭐가 보여."

"그런 거 있잖아. 악보를 보면 음표가 막 찍히고, 레벨 업 해서 가창력 올리고."

"미친놈인가."

"안 그러면 이게 가능한가? 진짜 말도 안 된다고. 걔

이제 고작 스물 몇 살이야."
"재능이겠지. 우리가 여태껏 보지 못했던 재능."
"노래랑 랩은 그렇다고 쳐도, 연주 같은 건?"
"아 몰라. 어쩔 거야. 우리 회사 아티스트도 아닌데."
"SBI 엔터 세무 조사나 떨어지면 좋겠다. 그래서 세달백일이 나한테 설득돼서 우리 회사로 들어오면 좋겠다."
"걍 로또 번호를 알지 그러냐."

* * *

세상이 시끌시끌하다.
어느 정도 시끄러워질 줄은 알았지만, 내 상상을 뛰어넘는 반응이다.
좀 의아함을 느꼈다.
내가 음악을 잘하는 게 하루 이틀도 아닌데, 이번에 유독 시끄러운 게.
이에 대한 정답을 알려 준 것은, 형들에게 도움이 되겠다고 인터넷 모니터링을 전담한 최재성이었다.
"변명의 여지가 없잖아요."
"변명?"
"아니다. 억까의 여지가 없다고 해야 하나?"
그동안 '한시온'이란 캐릭터가 성공했을 때는 늘 억까

의 여지가 있었다는 게 최재성의 설명이었다.

커밍업 넥스트는 이러니저러니 해도 출연진이 10명밖에 안 되는 오디션 프로그램.

실력적으로 뛰어난 건 알겠지만, 명백히 강석우 피디의 호의 어린 연출을 받았고.

"아니 그럼 내가 에디랑 친해진 건 뭔데? 그건 순전히 내 실력이잖아."

"아, 몰라요. 왜 나한테 그래요. 내가 이런 말을 하는 것도 아닌데."

"오케이. 계속해 봐."

그 뒤, 라이언 엔터와 척을 지고도 성공할 수 있었던 건 '나락 탐지기'와 '드롭 아웃'의 도움 덕분이었고.

"그걸로 큰 그림을 그린 건 난데?"

본격적으로 제대로 메인스트림에 올라갈 수 있었던 건 '부모님의 사고'가 공개되면서 생긴 동정 여론.

"그거 수습하느라 개고생했는데."

빌보드에 입성한 건, 어디까지나 크리스 에드워드의 도움이 컸으며.

"아니, 그러니까 에디는 애초에 커밍업 넥스트 출연 계획이 없었다니까?"

운 좋게 HBO의 다큐멘터리에 출연한 에디의 도움으로 거장들과 인연을 쌓았으며, 동아시아 시장을 겨냥하려던

컬러스 미디어와 타이밍이 잘 맞았다는 것.

"뭐 이런 이유들이라고 하죠."

사실 뭐, 최재성의 이야기를 듣기도 전에 알고 있었다.

사람들은 회귀자의 의도를 운으로 여기며, 실력이 없으면 할 수 없었던 걸 타이밍으로 여기니까.

다 알고 있는 이야기다.

그냥 최재성이 열심히 모니터링 해 준 것에 대한 리액션이랄까?

"하지만 쇼미는 좀 다르죠. 사오이는 외모 보정도 없었고, 인성도 좀 별로처럼 나왔잖아요?"

"내가?"

"그나마 그 정도로 나온 걸 보면서 윤정섭 피디님이 얼마나 고생을 해서 편집했을지……. 보면서 눈물이 나던데요."

"난 참가자들한테 잘해 줬는데?"

"그게 문제에요, 형. 그냥 가만히 있지."

"……."

뭔가 묘하게 반박하기 힘든 분위기였다.

어쨌든 이런 과정 속에서 쇼미에 출연한 건 생각보다 더욱 잘됐다.

그래서 최재성에게 물었다.

"어때? 이제 내가 랩을 얼마나 잘하는지 알겠지?"

"뭐, 어느 정도는?"
"랩에 도전할 마음이 생겼어?"
"아직 아니죠."
"응?"
"약속은 우승이었잖아요."
"뭐, 그렇긴 하지."
최재성을 처다보며 웃었다.
느낌이 온다.
내가 우승을 하든, 말든, 최재성은 래퍼에 도전할 거라는 걸.
그렇게 난 결승 무대를 준비했다.
시간은 10일밖에 없었지만, 이미 곡은 다 준비되어 있었고, 피처링도 준비가 되어있었다.
이번 곡의 피처링은 두 팀이다.
첫 번째로는 세달백일.
최재성을 포함한 완전체가 피처링이지만, 최재성은 춤만 출 예정이었다.
최재성은 춤만 출 거면 하고 싶지 않다고 했지만, 내가 허락하지 않았다.
무대 위의 눈부신 화려함을 최재성이 오랜만에 경험하면 좋겠다.
두 번째 피처링은 GOTM이었다.

휴가차 한국에 온다길래 백 밴드나 한 번 하라고 했다.

자기들한테 백 밴드를 하라는 거에 당황한 모습이었지만, 거절은 못했다.

어차피 휴가를 핑계로 나한테 곡을 받으러 오는 이들이니까.

좀 재미있다.

그동안 난 GOTM이 불편했었다.

이들과 함께 있을 때면 내 실패의 기억들과 나 혼자만 간직한 기억들이 사무쳐서.

하지만 이제는 아니다.

그렇게 쇼미의 결승 무대를 준비하면서, 한 가지 해결해야 할 일도 있었다.

마스크드 싱어였다.

* * *

마크스드 싱어의 메인 연출자인 양정태 피디는 한시온에게 빈정이 상해 있었다.

아니, 정확히 말하자면 빈정이 상한 것까지는 아니고…….

삐져 있었다.

'아니지, 아니지. 삐진 건 더 아니지. 내가 왜 삐져?'

차마 스스로에게 삐졌다는 표현을 쓸 수 없어서 부정했지만, 이게 그의 심정을 가장 객관적으로 표현할 수 있는 단어였다.

처음, 한시온이 양정태에게 내민 계획은 간단했다.

구태환이 명예 졸업을 하고, 이이온이 명예 졸업을 하고, 한시온이 명예 졸업을 한다.

한 명이 명예 졸업을 하는 데 8주가 걸리니, 세달백일이 총 24주 동안 마스크드 싱어를 지배하겠다는 계획.

이 사악한 계획에 시청률의 연금술사인 양정태도 동의를 했고.

하지만 내심은 살짝 달랐다.

한시온의 계획을 성공률 0%짜리라고 생각하진 않았지만, 그렇다고 성공률이 높다고 보지도 않았다.

구태환과 이이온의 명예 졸업 때문이었다.

그들이 허무하게 탈락하진 않을 거다.

하지만 명예 졸업은 못할 거다.

이게 딱 양정태의 진심이었다.

괜히 하는 말이 아니었다.

4회 연속 우승을 해야 하는 명예 졸업은 정말 어렵다.

2회 연속 우승을 하게 되면, 3회차부터는 제작진이 '마싱입퇴'의 레이더를 발동한다.

〈마스크드 싱어에는 입학과 퇴학밖에 없다〉라는 슬로

건하에 살벌한 라인업들이 깔리기 시작하는 것이었다.

심지어 그런 3회차를 뚫는다면, 4회차 때는 반드시라고 해도 좋을 확률로 S급 참가자가 출연한다.

순전히 제작진의 욕심 때문에 그런 것도 아니었다.

실력에 자부심이 있는 이들은 마싱의 출연 계획을 세울 때, 그들이 얼마나 화려하게 등장할 수 있는지를 따진다.

가장 쉬운 길은 명예 졸업 도전자를 좌절시키는 것이었다.

명예 졸업에 도전할 만큼 강력한 참가자를 단숨에 꺾으면, 사람들의 관심을 모을 수 있으니까.

심지어 지금은 시청자들도 이러한 개념을 알고 있어서, 누군가 명졸에 도전하면 대항마로 누가 나올지를 토론하곤 했다.

이런 난관을 뚫고 명예 졸업을 한 온새미로가 대단한 친구였다.

하지만 구태환과 이이온은 못할 거다.

따지고 보면 온새미로가 세달백일의 메인보컬이다.

그럼 한시온은 뭐냐고?

그냥 '메인'.

이런 속내에도 불구하고 양정태 피디가 이 계획을 받아들인 건, 한시온 때문이었다.

그의 생각에 한시온은 명예 졸업을 할 것 같다.

그러니 구태환과 이이온이 2~3회 정도 우승을 하고 명졸에 실패할 때, 한시온이 등장하면 딱이다.

마치 '너가 우리 애들 괴롭혔어?' 하고 등장하는 끝판 왕처럼.

이 서사가 양정태 피디가 그리고 있던 그림이었다.

하지만 상황은 다르게 흘러갔다.

구태환은 정말 어마어마한 라인업을 꺾고 명예 졸업을 차지했다.

라인업은 온새미로 때보다 더 빡셌다.

이이온은 명졸전까지 갔지만, 연장전 끝에 아쉽게 탈락했다.

이이온은 3~4주차 라인업이 온새미로나 구태환과 비교하면 좀 약했다.

하지만 대한민국 3대 보컬 중 한 명인 박창현이 등장했고, 그와 연장전까지 갔으니 자격을 증명한 셈이었다.

일각에서는 이이온 정도면 명예 명졸자 아니냐는 말도 나왔고.

이제 남은 것은 한시온이었다.

한시온이 세달백일 3부작, 아니 온새미로까지 포함해서 4부작의 마침표를 찍어 주면 완벽했다.

한데, 여기서 양정태 피디의 삐짐 포인트가 발동했다.

한시온이 돌연 출연 일정을 미룬 것이었다.

출연 일정을 조절한 것 자체는 기분이 상할 일은 아니었다.

오히려 마음이 편한 부분도 있었다.

양 피디는 정말로 세달백일이 24주 동안 마싱에 출연하게 될 줄 몰랐다.

구태환-이이온이 7~8주 정도를 채우고 내려올 줄 알았으니까.

그러니 여기서 또 한시온을 출연시키는 건 방송국 입장에서 살짝 부담되는 지점이었다.

그러니 한시온이 일정을 미루는 것 자체는 오케이고, 오히려 먼저 말을 해 줘서 고맙다고도 생각하고 있었다.

하지만 그렇다면 바뀐 출연 일정이라든지, 이유가 공유되어야 한다.

한시온은 그러지 않았다.

출연 일정이 나오지도 않았고, 이유를 알려 주지도 않았다.

만약 이게 다라면 양정태 피디는 삐진 게 아니라 화가 나야 했다.

한시온의 행동이 무례한 것이었으니까.

하지만 한시온과 SBI 엔터의 서승현 본부장은 아주 저자세였다.

정말 미안해했고, 할 수 있는 최선의 언어로 사과했다.

반드시 출연하겠다는 의사도 밝혔고, 후일 명예 졸업자들(혹은 명예 졸업에 도전한 이들까지 포함해서)이 모이는 왕중왕전이 벌어진다면 모든 멤버가 스케줄을 조정하겠다는 이야기까지 했다.

그럼에도 불구하고 스케줄이 조정된 이유와 일정에 대해서는 '대외비'라고 했다.

대외비라는 단어가 원래도 그렇다.

중요한 비밀이라서 너한테는 말해 줄 수 없다는 뜻이니까.

여기서 양정태 피디가 살짝 삐진 것이었다.

완전히 믿었던 건 아니지만, 결과적으로는 한시온의 계획대로 함께 달려왔다.

이 정도면 우린 마스크드 싱어에 있어서는 내부자가 아닌가?

하는 생각이 들었으니까.

양정태 피디는 의식하지 못하겠지만, 이는 쇼미의 윤정섭 피디와 같은 결의 마음이기도 했다.

윤정섭가 한시온과 친해지고 싶은 것이 피디의 본능이듯이, 양정태 피디도 마찬가지인 것이었다.

그렇게 2주라는 시간이 지났다.

이이온을 물리친 〈구한말사나이〉는 2연승을 이어 갔다.

이제는 모든 사람들이 그가 도주박의 일원인 박창현이라는 걸 알고 있었다.

워낙 콘서트를 많이 하는 가수기도 했고, 이이온과 벌인 연장전에서 박창현의 시그니쳐 같은 무대를 선보였기 때문이었다.

-야 이 정도면 박창현 명졸 하겠는데?
-아직 모름. 3주차 돼 봐야 알지.
-근데 구태환이랑 이이온이 쟁쟁한 라인업을 다 처먹어 가지고; 박창현 대항마 나올 만한 사람 있냐?
-도재욱?
-이미 명졸했잖아.
-또 나올 수도 있지. 엄청 옛날이니까.
-나 같으면 안 나올 듯ㅋㅋㅋ
-주성한 재도전 안 하냐? 실력자들 중에 재수 없게 탈락한 사람들은 재도전 많이 하던데.
-텀이 너무 짧잖아ㅋㅋㅋ 그리고 세달백일이랑 예능 찍던데.
-ㅇㅇㅇ

네티즌들의 반응은 사실이었다.
현시점에서 4주 차에 박창현의 확실한 대항마로 쓸 카

드가 없다.

물론 쟁여 놓은 S급 출연진들은 좀 있었다.

하지만 그들은 박창현으로 정체가 확실히 밝혀진 〈구한말사나이〉와 붙는 걸 꺼려 했다.

실력적인 리스크도 있지만, 친분의 문제도 있었다.

"저 신인 시절에 창현 선배님한테 정말 도움 많이 받았거든요. 이길 수 있을지도 모르겠는데, 이겨도 별로 안 기쁠 것 같아요."

"창현 형님 명예 졸업 응원 중입니다."

이런 상황에서 양정태는 한시온이 생각났다.

한시온이 박창현을 이길지는 모르겠지만, 어쨌든 누가 봐도 '마싱입퇴'에 걸맞는 라인업이니까.

그래서 더 삐진 것도 있었다.

그런 날들이 반복되던 중, 양정태는 쇼미의 세미 파이널을 시청했다.

'사오이'라는 참가자가 날아다니는.

"아, 씨. 저거 우리 표절인데."

랩에 전혀 관심이 없어서 평소에는 쇼미를 시청하지 않지만, 이번에는 달랐다.

사오이가 하는 걸 보면 영감을 받을 때도 있었다.

'우리도 한 회차를 3주 포맷으로 변경하고, 가면 쓴 이들의 성격을 좀 보여 줄 수 있나?'

그런 생각도 했고.

즉, 양정태 피디는 쇼미를 볼 때 음악적으로는 별다른 감흥을 느끼지 못했고, 피디의 시각으로 분석하면서 봤다.

하지만 세미 파이널은 좀 달랐다.

랩에 전혀 관심 없는 양정태가 보기에도 앞서 3개의 무대가 꽤 좋았으니까.

그 뒤로 마침내 등장한 사오이.

양 피디는 그의 무대를 보면서 이상한 기분이 들었다.

'내가 랩을 잘 몰라서 그런 건가? 저건……'

한시온이 아니면 쓸 수 없는 가사 아닌가?

그리고 마침내, 사오이가 가면을 벗었다.

"야!"

그리곤 이상한 고함을 내질렀다.

상상도 못했던 사람이 서 있었으니까.

그 순간, 양정태 피디는 자신의 모든 삐짐이 풀리는 걸 깨달았다.

단번에 이해를 했기 때문이었다.

더 마음에 드는 건 바로 다음에 있었다.

[양 피디님. 혹시 쇼미왓유갓 방송 보고 계십니까?]

한시온에게 연락이 온 것이었다.
출연 논의를 위해 미팅을 잡자고.

* * *

"제가 박창현 선배님 명예 졸업전에 도전하겠습니다. 딱 쇼미 결승 이후기도 하고."

한시온의 첫마디였다.

"아니, 왜 랩도 잘해요?"

양정태 피디의 첫마디였다.

두 사람은 잠깐 쳐다보다가 웃었고, 이런저런 농담들을 나누었다.

"근데 이렇게 되면 좀 바빴을지 몰라도, 우리 프로그램에 출연하는 게 낫지 않았어요?"

"복면과 가면을 비슷한 시기에 벗을 수 있으니까요?"

"네. 맞아요. 그게 좀 더 파멸적인 그림이지 않나?"

양정태 피디의 말처럼 한시온이 마싱에 출연해 명졸을 달성했다면, 두 프로그램의 '얼굴을 가린 우승자'가 한시온이 된다.

방송 날짜를 생각해 봐도 2주밖에 차이가 안 난다.

촬영 날짜를 생각하면 명졸전과 쇼미 결승이 비슷하긴 하지만, 마싱은 녹방이고 쇼미는 라이브다.

체력적으로 감당만 할 수 있다면 불가능한 일정은 아니었다.

"사실 처음에는 그 그림을 보고 달려온 거였습니다."

"쇼미 출연할 때부터요?"

"네. 우승할 자신이 있었거든요."

양정태는 한시온의 자신감에 할 말을 잃었지만, 이는 사실이었다.

쇼미도 회차가 정해져 있고, 마싱도 회차가 정해져 있다.

그러니 처음 마싱과 쇼미 두 곳에 발을 걸칠 때부터 비슷하게 얼굴을 공개할 생각이었다.

"근데 왜 안 그랬어요? 진짜 멋있었을 것 같은데."

"쇼미를 해 보니, 만만하지 않더라고요. 마싱까지 함께 준비하면 탈락할 것 같았습니다. 그럼 모두 물거품이잖아요."

"아하."

양정태 피디는 납득한 듯 고개를 끄덕였지만, 사실 한시온의 대답은 거짓이었다.

쇼미는 무대를 준비해야 하니 물리적인 시간이 필요하지만, 마싱은 준비가 필요 없다.

'마실' 나가듯이 '마싱'에 나가서 우승이란 '과실'을 '확실'히 따먹을 '자신'이……

'왜 내가 라임을 맞추고 있는 거지?'

잠깐 그런 생각을 하던 한시온이 피식 웃었다.

아무래도 최근에 랩에 너무 몰입했던 것 같다.

아무튼 쇼미는 물리적인 시간이 필요하지만, 마싱은 준비가 필요 없다.

그냥 별 준비 없이 나가서 노래를 부르면 명졸이다.

그게 안 된다면 자신이 백 년도 훨씬 넘게 가수로 살아온 세월이 헛된 것이니까.

그러나 마음이 바뀌었다.

기계처럼 계산하듯이 두 프로그램에서 우승(명졸)을 차지하고, 무덤덤하게 다음 페이지로 넘어가고 싶지 않았다.

보다 진실되고 기쁘게 우승을 쟁취하고 싶었다.

그래서 마싱을 뒤로 미룬 것이었다.

'뭐, 박창현이 팬이 많기도 하고.'

나름의 계산도 있었지만.

한시온이 그런 생각을 할 때, 다이어리를 꺼내서 스케줄을 보던 양정태 피디가 입을 열었다.

"근데 명졸을 막고 싶으면 당장 이번 주에 촬영해야 하는데?"

"그 촬영을 일요일로 미룰 수 있을까요?"

"일요일이요? 토요일에 쇼미 결승이잖아요."

"네. 촬영하고 가야죠."

양정태는 잠깐 갈등했다.

목요일 녹화를 일요일로 미루는 건 어렵지 않다.

한시온을 갑자기 라인업에 끼워 넣는 것도 어렵진 않다.

하지만……

"그러다가 박창현 씨한테 질 수도 있지 않겠어요?"

쇼미 우승으로 팍 떠오른 한시온이 박창현에게 패배하는 게 별로일 것 같다.

준비 기간이 너무 짧지 않은가?

그러나 한시온은 담담했다.

"이미 확실히 준비한 곡이 있습니다."

고민은 짧았다.

"오케이. 그럽시다. 그럼 쓰고 나올 가면이랑 컨셉 멘트 최대한 빨리 줘야 해요."

"그 부분에 의견이 있습니다."

"뭔데요?"

한시온의 설명이 이어지고, 양정태 피디가 어이없다는 웃음을 터트렸다.

* * *

한시온과 양정태의 회담이 끝나고 몇 시간 뒤.

책상에 앉아 꾸벅꾸벅 졸고 있던 마싱의 막내 작가가 잠에서 깼다.

〈구한말사나이〉의 4회 차 녹화에 새로운 출연진이 합류한다는 오더가 내려왔다.

막내 작가는 갑작스런 업무를 맡아서, 오늘 내로 날아올 출연진 컨셉을 정리하는 일을 맡았다.

그 메일을 기다리다가 존 것이었다.

"아, 언제 오는 거야."

그렇게 말을 하고 새로고침을 하니, 이미 메일은 30분 전에 도착해 있었다.

허겁지겁 메일로 들어가며 막내 작가가 생각했다.

'이러면 보통 실력자인데.'

박창현의 명줄을 막기 위해 피디가 누군갈 데려온 것이다.

'누구려나.'

그런 생각을 하며 메일을 확인했고, 인적 사항을 기록했다.

이제 이것들을 가지고 작가진이 그럴 듯한 멘트를 작성하면, MC에게 전달된다.

잠에서 덜 깬 채 기계적으로 일을 하던 막내 작가가 뭔가 이상함을 느꼈다.

닉네임과 사진으로 첨부된 복면이 너무 익숙했으니까.

"……?!"

뒤늦게 확실히 잠에서 깬 막내 작가가 벌떡 일어났다.

〈본업으로돌아온사오이〉.

이건, 그냥, 대놓고…….

한시온이잖아?

* * *

크리스 에드워드는 스스로의 인생을 요약하는 한 마디를 '운칠기삼'이라고 생각했다.

평생 덴마크에 살 줄 알았던 '펠레 예르겐센'이 빌보드의 '크리스 에드워드'로 살고 있는 것부터가 그러하니까.

참고로 운칠기삼은 최재성에게 배운 말이다.

아무튼, 자신에게 할당된 최초의 운은 할아버지였다.

동요 작곡가였던 친 할아버지에게 피아노와 작곡을 배운 것.

이게 모든 일의 시작이었다.

덕분에 영국으로 유학을 와서 만난 룸메이트가 밴드의 기타리스트였다는 게 의미가 생겼고, 그들이 자신의 곡을 불러 히트를 쳤다.

룸메의 밴드가 프로모터의 눈에 띄었을 때, 크리스 에드워드가 미팅 자리에 함께할 수 있었다.

그게 자신을 빌보드로 데려다 준 원동력이었고.

할아버지는 늘 입버릇처럼 말씀하셨다.

살다 보면 인생에 한 번쯤은 마법 같은 순간이 온다고.

당시에는 손쉬운 선택이지만, 돌이켜 보면 내가 왜 그랬지 싶은 생각이 드는 순간들이 있다고.

그 순간을 외면하지 말라고.

그 선택이 진실에 가까울 거니까.

할아버지의 말을 들었을 때는, 특별한 감상 없이 그러려니 했다.

원래 노인분들은 인생 대부분을 회상으로 보낸다고 하지 않던가.

하지만 요즘은 그런 생각이 든다.

한시온.

그를 만난 게 할아버지가 말했던 마법 같은 순간이 아닐까?

돌이켜 보면 그렇다.

달랑 영상 하나 보고 한시온이 천재라고 확신하고 한국으로 왔다.

그 때문에 미국에서도 출연해 본 적 없는 리얼리티 쇼에 출연했다.

당시에는 자신의 행동이 너무 당연하게 느껴졌다.

크리스 에드워드는 슬럼프에 빠져 있었고, 되는 일이

없었고, 새로운 운을 찾아야만 했으니까.

하지만 지금 와서 보면 뭘 믿고 그렇게 행동했는지 모르겠다.

그 뒤도 마찬가지다.

그는 한시온을 믿고 HBO의 다큐멘터리에 출연하는 거장들에게 한시온의 곡을 들려줬고, 무명 아티스트들을 모아서 GOTM으로 만들었다.

이 모든 일이 기적 같기도 하고, 마법 같기도 하다.

크리스 에드워드가 그런 생각을 하고 있을 때, GOTM이 한국으로 휴가를 간다는 이야기를 들었다.

정확히는 휴가인 척 한국에 머무르면서 한시온을 설득해서 곡을 받아 내려는 것이었다.

한데, 한시온이 먼저 선수를 쳤다.

자신의 무대에 백 밴드를 서 주면 곡들을 준다고.

곡이 아니라, '곡들'이다.

GOTM은 백 밴드 제안에 좀 당황했지만, 큰 고민은 없이 고개를 끄덕였다.

그러자 한시온이 건넨 말은 딱 한 마디였다.

―장비 다 챙겨서 한국으로 와.

장비를 왜 챙기겠는가?

저 '곡들'이 한두 곡이 아니며, 한국에서 녹음 작업을 하자는 것이었다.

그것도 아주 본격적으로.

그 순간, 크리스 에드워드는 자신의 가슴이 뛰는 걸 느꼈다.

크리스 에드워드는 GOTM과 남남이 아니다.

정보는 한시온이 줬지만, GOTM의 멤버들을 하나하나 모으고, 팀으로 만든 건 HR 코퍼레이션의 알렉스와 크리스 에드워드다.

실제로 밴드 구성 정보에 크리스 에드워드가 '객원 프로듀서'로 들어가 있기도 했고.

그래서 에드워드도 GOTM을 따라서 한국으로 향했다.

한국을 떠나온 지 얼마 되지도 않았다.

최재성이 사고를 당했을 즈음에 서울에 있었으니, 4개월쯤 전이다.

하지만 자신이 얼마나 자주 서울에 방문했는지는 별로 중요치 않았다.

여기서 들을 수 있는 음악과 뛰고 있는 심장이 중요했지.

그 순간, 크리스 에드워드는 자신의 정확한 심정을 깨달았다.

이건 기적도 아니고, 마법도 아니다.

그냥 음악이다.

더 좋은 음악을 찾아 전 세계를 돌아다니는 게 음악가들에게는 그리 이상한 일이 아니니까.

그렇게 GOTM과 도착한 한국에서 한시온을 만났다.

웬일로 공항까지 마중을 나온다고 해서 낯설어하고 있었는데, 카메라가 우르르 대기 중이었다.

"이게 뭐야?"

"우리 예능 팀 카메라야."

"우리 예능 팀?"

"자, 한국 팬들에게 인사부터 해 줘."

"헬로우 코리아……. 아니 내가 왜?"

"우리 예능에 출연할 거니까."

"쇼에는 GOTM이 출연하기로 한 거 아니었어?"

"그 쇼 말고. 우리 회사에서 투자해서 찍는 예능이 있어. 역전세계라고. 자, 그러니까 인사해."

"……."

크리스 에드워드는 뻔뻔한 한시온의 얼굴을 보며 자신의 깨달음을 번복했다.

이건 기적도 아니고, 마법도 아니고, 심지어 음악도 아니었다.

그냥 사기였다!

* * *

  HR 코퍼레이션은 빌보드의 일정 부분을 점유했으며, 그 점유율을 수십 년간 놓지 않음으로써 지배적인 영향력을 행한 회사다.

  이런 HR 코퍼레이션이 지배하는 영역은 '전통적인 백인 사운드의 신봉자'들의 마켓이었다.

  그러니 HR이 GOTM을 차세대 메인 상품으로 푸쉬하겠다는 결정을 내린 건, 그리 이상한 일이 아니었다.

  드러머 앤드류 건.

  기타리스트 데이브 로건.

  베이시스트 존 스카이.

  키보디스트 스티브 립그렌.

  이 네 명의 실력은 진짜였고, 백인이었으며, 그들이 추구하는 방향성도 정통적인 백인의 사운드였으니까.

  이들에게 붙일 만한 보컬이 없다는 지점은 약점일 순 있지만, 장점이 될 수도 있다.

  만약 GOTM이 내는 곡마다 히트를 한다면?

  밴드 자체가 가지고 있는 네임밸류와 힘이 커진다면?

  그러면 보컬이 없는 공백에 누구든 끼워 넣을 수 있는 것이었다.

  적절한 기회가 온다면 애덤 리바인, 저스틴 비버, 로빈

시크가 보컬을 맡은 앨범을 낼 수도 있는 게 아니겠나?

이런 의미에서 GOTM의 한국행은 HR 코퍼레이션 내부에서 썩 긍정적으로 해석되지 않았다.

HR 코퍼레이션은 GOTM을 백인 컬처의 슈퍼스타로 만들고 싶어 한다.

그러니 케이팝 스타는 필요 없다.

그 케이팝 스타가 Players를 작곡했고, TFD를 작곡한 ZION만 아니었다면, HR이 기를 쓰고 한국행을 반대했을 것이었다.

이렇게 말하면 누군가는 의아해할 수도 있었다.

HR 코퍼레이션의 신임 CEO인 앤드류 브라이언트는 자이온을 사랑한다.

자이온이 만든 음악을 고평가하고, 음악을 믿고 천만 장을 팔아치울 프로젝트를 가동했다.

그러니 GOTM과 자이온이 만나는 것도 환영을 해야 하지 않나?

이런 의문이 드는 것이었다.

하지만 HR 코퍼레이션쯤 되는 기업이 CEO 한 명의 입김에 좌지우지될 리 없었다.

HR 안에는 여러 부서와 파벌이 있으며, 현재 GOTM을 전담하는 부서는 앤드류 브라이언트 거리가 멀었다.

현재 GOTM은 앤드류 브라이언트와 함께 마지막까지

CEO 자리를 두고 경쟁했던, Executive Vice President인 로이드 매커의 직속 팀이 맡고 있었다.

그렇다고 해서 앤드류 브라이언트가 능력이 없어서 GOTM의 매니지먼트 권한을 빼앗긴 건 아니었다.

로이드 매커의 사업부가 북미 지역을 전담하고 있으니, 회사 규정상 당연한 일이었을 뿐이었다.

다만 이제부터 준비할 GOTM의 1집 앨범을 두고는 갈등이 있었다.

로이드 매커 쪽은 크리스 에드워드를 비롯한 HR 코퍼레이션 인맥을 동원하려고 했고, 앤드류 브라이언트 쪽은 ZION이 최우선이었으니까.

이런 상황이다 보니 GOTM의 한국행에 따라온 '제임스 딘'은 맡은 바 업무가 있었다.

그는 두 가지를 확인해야 했다.

첫째, 정말로 자이온이 천재인가.

자이온에게 재능이 있음은 틀림없다.

하지만 그게 특별한 재능인지는 아직 모른다.

빌보드를 뒤집어 놓은 히트 곡을 쓴 작곡가들은 모두 재능이 있지만, 그렇다고 천재는 아니다.

그들이 모두 천재였다면 원 히트 원더라는 단어는 세상에 존재할 수가 없었을 거니까.

적절한 재능이 시류를 타고 터지는 경우는 셀 수 없다.

자이온이 그런 종류의 뮤지션인지, 아니면 정말 하늘이 내린 뮤지션인지를 확인해야했다.

둘째, 자이온의 곡이 GOTM에게 잘 어울리는가.

자이온은 GOTM의 첫 번째 히트곡인 〈Players〉라는 곡을 만들었다.

하지만 동시에 〈The First Day〉라는 앨범을 만들었으며, 〈STAGE〉라는 기믹 앨범을 만들었다.

작곡의 풀이 너무 넓다.

이건 좋게 해석될 여지도 있지만, 나쁘게 해석될 여지도 있다.

그가 진짜 천재라면 장르와 가수를 가리지 않는 것이지만, 플루크(요행)일 수도 있다.

특히 자이온과 GOTM의 합이 운일 수도 있었다.

이외에도 여러 가지 업무들은 있었지만, 제임스 딘이 가장 중요하게 확인해야 할 것이 이 두 가지였다.

이 사실을 알고 있었던 앤드류 브라이언트는 내심 '쓸데없는 곳에 심력을 쏟네(보다 정확하게는 뻘짓하네)'라고 생각했지만 말이었다.

이런 상황 속에서 제임스 딘이 자이온에게 가진 첫 인상은 나빴다.

'갑자기? 이렇게 프로그램을 섭외한다고?'

어차피 크리스 에드워드의 스케줄은 알렉스의 소관이

기 때문에, 제임스 딘과는 상관없었다.

또한 GOTM이 한국의 쇼에 백 밴드로 출연하는 건 이미 오케이 된 사안이다.

하지만 그래도 기분이 별로다.

그런 첫 인상 속에서 제임스 딘은 GOTM을 따라서 자이온이 보유한 합주실로 이동했다.

개인이 보유한 합주실이라고 보기엔 상당히 훌륭하다.

"악보 다 숙지했지?"

"그거야 당연하고, 지금 당장도 연주할 수 있긴 한데……. 정말 그냥 백 밴드가 끝이야?"

"그러면?"

"아니, 뭐. 기타 솔로라든가……."

"백 밴드한테 그런 게 어딨어?"

"쳇."

데이브 로건과 자이온의 대화는 제임스 딘 입장에서는 더 별로였다.

제임스 딘은 데이브 로건을 끝내주는 천재로 보고 있었는데, 자이온은 평범한 뮤지션 취급을 한다.

이어지는 합주는 재밌었다.

자이온이 직접 만든 곡이라고 했는데, 곡의 수준이 굉장하다.

마음에 들지 않는 건 랩 곡이라는 것이지만, 랩이 훌륭해서 그것도 금방 괜찮아졌다.

'랩을 한다는 이야기는 못 들었는데.'

한국어라서 더 객관적으로 들을 수 있었는데, 절대 못 하는 랩이 아니었다.

얼마의 시간이 지났을까?

쉬지 않고 이어지던 연주가 일단락되었다.

다들 시차 때문에 피곤해 보였지만, 당장 공연이 4일 앞으로 다가와서 시간이 별로 없었다.

그래도 처음 맞춰 본 합이 꽤 마음에 들었는지, 자이온은 만족스러운 기색이었다.

그렇게 잠깐의 휴식 뒤에 자이온이 자리에서 일어났다.

"솔직히, 곡 달라고 휴가 잡았던 거였지?"

베이시스트 존 스카이가 어깨를 으쓱했다.

"맞아."

GOTM의 자이온의 〈Players〉 이후로 받은 모든 곡을 거부했다는 건, HR 코퍼레이션에서 화제였다.

HR이 내민 곡들의 객관적인 수준이 〈Players〉에 못 미치는 건 아니다.

그런 곡도 있지만, 충분히 훌륭한 곡도 있다.

GOTM도 이 부분을 인정했고.

하지만 그럼에도 불구하고 GOTM은 마음이 동하지 않

는다는 이유로 거절을 했다.

"일단 세 곡 먼저 들어볼까?"

"뭘?"

"너희들을 위해 쓴 곡."

그렇게 말한 자이온이 핸드폰을 스피커에 연결했다.

"연주는 내가 적당히 했어. 드럼만 세션맨을 썼고."

그렇게 말한 자이온이 제임스 딘을 힐끗 보더니 말을 보탰다.

"녹음해도 되니까, 알아서 해요."

"녹음이요? 어차피 파일을 받으면 되는 거 아닙니까?"

"음, 앤드류 브라이언트랑 기 싸움 중인 줄 알았네요. 원한다면 파일 가져가요."

그렇게 말한 자이온이 다짜고짜 곡을 틀었다.

제임스 딘이 가장 먼저 놀란 것은 기타의 수준이었다.

녹음된 파일 속 기타의 연주가 심상치 않다.

한데, 기타에 매료되자 베이스가 기가 막힌 것 같고, 베이스에 감탄하자 키보드가 막강하다.

드럼만 평범할 뿐, 나머지 악기는 엄청났다.

하지만 그보다 더 대단한 것들이 있었다.

첫 번째로는 곡.

좋은 연주로 표현된다고 꼭 좋은 곡은 아니다.

하지만 이 곡은 수준이 어마어마하다.

듣는 순간 GOTM이 연주하면 어떤 결과물이 나올지 상상이 되고, 감탄이 나온다.

그러나 그거보다 더 놀라운 건, 보컬이었다.

자이온의 목소리로 토해 내는 노래가 너무나 아름답다.

이게 케이팝 뮤지션이라고?

빌보드에서 밴드를 시작하면 앨범을 몇천만 장은 팔 수 있을 것 같은데?

제임스 딘이 놀라서 입을 쩍 벌리고 있었지만, 놀라움은 끝나지 않았다.

두 번째 곡, 그리고 세 번째 곡.

모든 곡이 비슷한 수준으로 좋다.

그도 그럴 게, 지금 한시온이 재생하는 곡은 그의 지난 생을 수놓은 곡들이었다.

GOTM으로 발매한 곡들 중 베스트 트랙들.

한시온은 그것들을 세상에 내놓을 생각이었다.

* * *

내가 들려준 3개의 곡에 GOTM은 매료되었다.

"이번 무대 잘하면 비슷한 거 몇 곡 더 줄게."

이 말 한 마디에 정신이 나갔고.

이게 얼마나 큰 동기 부여였던지, 드러머 앤드류 건이 나한테 다가와 생각지도 못한 소리를 했다.

"시온."

"왜?"

"백 밴드 빠진 드럼 파트를 내가 라이브로 칠 수 있을 것 같은데."

"……그걸 라이브로 치겠다고?"

힙합은 드러머가 라이브 연주를 하기 싫어하는 장르다.

너무 힘들거나, 너무 지겨워서.

느린 BPM으로 반복되는 드럼 라인은 너무 지겹고, 빠른 BPM으로 반복되는 드럼 라인은 손아귀와 전완근이 남아나지 않는다.

특히 트랩 같은 곡을 라이브로 치는 건, 연주보다는 노동에 가깝다.

한데, 내가 이번에 쇼미의 결승에서 부를 노래가 딱 그랬다.

라이브로 치면 멋지기야 하겠지만…….

"힘들 텐데?"

"힘들기야 하겠지만, 그래도."

"이유가 있어?"

앤드류 건이 눈을 반짝인다.

"있지. 어제 들려준 두 번째 곡, 그거 날 위해서 쓴 거 아니야?"

"알아봤네."

"당연하지. 얼핏 듣기엔 베이스가 리듬의 핵심인 것 같았지만, 그건 드럼이 메인이었어. 게다가 내가 좋아하는 스타일이고."

"맞아."

아니다.

하지만 저렇게 순수하게 좋아하는 걸 보니, 굳이 정정할 필요는 없을 것 같다.

사실 완전히 틀린 말도 아니긴 하다.

하이헷을 사랑하는 이상한 드러머가 아니라면, 그 곡을 100% 살릴 수 없을 거니까.

"근데 말이야, 시온."

"말해."

"보컬까지 네가 해 줄 순 없는 거야? 가이드 죽이던데."

"보컬? 그건 힘들걸?"

"왜?"

"HR 코퍼레이션 내에도 정치적인 요소가 있는 법이니까."

난 HR과 일을 해 보진 않았지만, 회사에 대해서는 잘 안다.

이들의 주력 마켓은 어디까지나 백인의 메인스트림 컬처다.

사업의 다각화를 위해 아시아 시장도 공략하고, 유색인종 가수들과도 계약한다.

하지만 그들의 메인 상품에 비서구권 감성을 끼얹는 걸 꽤 꺼린다.

특히 앤드류 브라언트와 반대의 방식으로 사업부를 이끄는 로이드 매커는 나도 좀 안다.

저 사람은 HR 코퍼레이션에서 독립해서 ROYAL INC라는 회사를 차린다.

한데 이 회사는 내 성공에 꽤 많은 영향을 받는다.

미국의 메인스트림에서 자이온이 성공하면 로얄 INC는 그럭저럭 괜찮은 회사가 된다.

한데 내가 삐끗하면 로얄 INC는 튼실하고도 거대한 공룡 회사가 된다.

일종의 나비 효과겠지만, 나의 성공이 빌보드 컬처에 영향을 준다는 것이다.

현재 GOTM의 방향성을 맡고 있는 로이드 매커는 내가 그들의 1집 앨범에 참여하는 걸 별로 좋아하지 않을 사람이다.

이런 이야기를 설명해 주니 앤드류 건이 되물었다.

"그런 거 말고, 네 기분은 어때? 같이 하면 재밌을 거 같지 않아?"

"음……."

재미가 있을지는 모르겠네.

이미 다 해 봤던 거라서.

내가 이들에게 준 곡은 무대 위에서 수천 번도 더 불러 본 노래다.

수도 없는 회차에서 수도 없이 불렀던 곡이니까.

그러니 재미는 못 느낄 거다.

하지만 GOTM이 이 곡으로 잘되면 좋겠다.

보컬이 없는 밴드는 첫 번째 앨범이 잘되어야지만, 객원 보컬을 붙이기 쉬우니까.

"할 수만 있으면 나쁠 건 없지."

"그럼 제임스 딘에게 한 번 말이라도 해 볼게."

"그래."

어차피 안 될 건데 뭐.

그렇게 의욕을 가진 GOTM은 이틀 차에 완벽한 사운드 합을 만들어 냈다.

이제 무대에 함께 오를 세달백일이 합류했다.

세달백일은 후렴 보컬과 화음, 백 사운드, 그리고 춤을 담당할 거다.

기왕이면 최재성에게 하이프맨(래퍼의 라이브를 받쳐 주는 서브 래퍼)도 맡기고 싶었지만, 그건 준비가 너무 안 돼서.

지금껏 세달백일은 녹음된 MR에 맞춰서 연습을 하고 있었고, 이제 라이브에 맞추는 것이었다.

"시온아."

"네, 형."

"오늘 연습 잘 부탁드린다고 말 좀 전해 줘. 라이브로는 처음 맞추는 거라서 실수할 수도 있다고 전해 주고."

"그 정도는 형도 영어로 할 수 있잖아요."

"아, 그렇지."

이이온이 GOTM에게 다가가 어설픈 영어로 이런저런 말을 붙이기 시작했다.

두 팀은 안면이 있다.

〈PLAYERS〉는 GOTM이 연주를 맡고, 세달백일이 노래를 맡은 곡이니까.

뭐, 보컬에 내 지분이 50% 이상이긴 했지만.

하지만 연주 레코딩과 보컬 레코딩이 따로 진행되었기 때문에, 두 팀이 아직은 친해질 만한 계기가 없었다.

그래도 기본적으로 서로에 대한 호감이 있기 때문인지, 금방 대화가 연결되었다.

재미있는 건, 두 팀이 서로를 우러러봤다는 것이었다.

세달백일은 GOTM을 빌보드를 폭격한 밴드 취급을 했다.

뭐, 맞긴 하다.

〈Players〉는 최고 성적 기준으로 Hot 100에서 6위를 기록했고, 록과 밴드를 다루는 마이너 차트에서는 2위를 기록했으니까.

당시 Hot 100 1위가 밴드만 아니었다면, 마이너 차트에서 1위를 차지했을 거다.

그리고 이 곡의 선전은 누가 뭐래도 GOTM의 덕분이다.

세달백일의 역할은 거의 없었다.

애초에 GOTM은 모든 공연을 게스트 보컬과 함께 했으니까.

그들 중 유독 반응이 좋았던 보컬과는 리믹스 버전을 쉬지 않고 발매하기도 했고.

첫 빌보드 진입은 곡의 힘이었겠지만, 그걸 유지하고 더 높은 곳으로 올려 보낸 건 리믹스 전략을 채택한 HR 코퍼레이션이었다.

반대로 GOTM은 세달백일을 아시아의 잠룡 취급을 했다.

세달백일의 1집 앨범과 2집 앨범이 빌보드 앨범 200에서 높은 순위를 기록했기 때문이었다.

"미국 활동도 없이 말이지."

그러다보니 세달백일은 자기들보다 GOTM이 더 대단

하다고 생각하고, GOTM은 세달백일이 자기들보다 더 대단하다고 생각하는 대화 흐름이었다.

이런 두 팀이 대동단결을 한 것은 내 욕을 하면서였다.

"우리한테 백 밴드가 말이 되냐고."

"우리는 백댄서야."

"래퍼로 우승하고 싶다고 이런 인맥을 동원해?"

"그러니까 말이야."

어이가 없다.

가만히 다가가서 쳐다보고 있으니 찔끔해서 입을 다무는 게 더 어이가 없다.

"자, 연습하자고."

그렇게 연습이 시작되었다.

난 티는 내지 않고 최재성을 관찰했다.

최재성은 거의 정상인의 범주로 돌아왔다.

하지만 원래의 노래 실력은 되찾지 못했다.

노래하는 걸 들었는데, 본능적으로 성대를 좁히며 소리를 턱 밑에서 빼더라.

당연한 일이다.

부상 이후에 완벽한 재활은 없다.

그저 부상을 입고 회복한 상태에서 새롭게 시작하는 것이다.

[원래라는 개념은 교차로에 어울리지 않는 것이지만······. 네 관념대로의 '원래'를 묻는 거라면, 가능성은 없다.]

악마가 단언했듯이.
그래도 이번 무대에서는 춤만 추기 때문에 괜찮았다.
내가 살피는 건 그의 실력이 아니라, 멘탈적인 부분이었다.
제발 최재성이 다시 한번 향상심을 되찾으면 좋겠다.
보컬이든, 댄서든, 래퍼든.
뭐든 간에 무대 위에서 더 높은 곳을 향해 달려갈 원동력을 가지면 좋겠다.

* * *

쇼미 시즌 7의 세미 파이널은 방송 역사상 유례없는 결과물을 만들어 냈다.
시청률도 시청률이지만, 버즈량이 미친 수준이었다.
연예계 종사자 중, 이 정도 버즈량은 대통령 선거 때나 볼 수 있다고 말할 정도였다.
물론 실제 지표는 그 정도는 아니었으나, 대선과 비교할 수 있는 수준의 지표였다.
그러니 사오이가 복면을 벗는 순간 세달백일의 한시온

이 되는 스샷은, 과장 조금 보태서 전 국민이 본 상황이었다.

사실 한시온이 선보인 마케팅 방식은 뻔한 것이었다.

실력, 신비주의, 인지도.

흔한 키워드다.

실력으로 궁금증을 일으키지만, 정체는 명확히 보여 주지 않고, 정체를 공개했을 때 대중들이 경악하는.

당장 마스크드 싱어에서도 하는 것이 아니겠는가?

하지만 그럼에도 불구하고 세미 파이널이 굉장했던 건, 방송 역사상 처음으로 모든 조건이 완벽했기 때문이었다.

실력?

차고 넘친다.

쇼비 7의 슬로건이 '사오이를 이겨라'였던 것만 봐도 알 수 있다.

신비주의?

완벽했다.

한시온은 자신의 커리어에 대한 이야기를 슬슬 풀어놓으면서 호기심을 자극했다.

그는 타고난 쇼맨이었다.

인지도?

더할 나위 없었다.

대부분의 방송 종사자들은 막상 사오이가 가면을 벗으면 인기가 떨어질 거라고 했었다.

 하지만 아니었다.

 한시온은 자신이 랩에서도 최고 수준이라는 것을 증명했고, 그 어떤 억까도 범접할 수 없는 언터처블을 달성했다.

 작년 한 해 대한민국에서 가장 많은 앨범을 판 아이돌 그룹의 리더가 말이다.

 완벽한 삼위일체였다.

 이런 마케팅은 보통은 실력이 부족하거나, 이미 정체가 탄로 나서 호기심이 부족하거나, 막상 정체를 공개하면 인지도가 부족하거나.

 셋 중 하나였는데 말이었다.

 그러다 보니 쇼미 시즌 7의 파이널은 그 시청률이 상상할 수 있는 범주를 넘어섰다.

 그걸 가장 빨리 알아차린 것은 채널 모션의 주조정실이었다.

 "선배, 빨리요. 국장님이 스팟 시청률 알려 달래요."

 스팟(SPOT)은 토막 광고를 뜻했다.

 프로그램과 프로그램 사이의 광고.

 여기서 방송 예고가 나간 이후를 직전 광고라고 불렀고, 다시 프로그램 시작 직전 1~3번째 광고를 골든 타임이라고 불렀다.

　얼핏 비슷해 보이지만, 광고 단가 차이가 어마어마했다.

　그러니 여기서 말하는 스팟은 '잠시 뒤 쇼미왓유갓이 방송됩니다.'라는 방송 예고가 나가기도 전의 광고를 뜻했다.

　사실 이런 토막 광고의 시청률은 큰 의미를 갖지 못했다.

　방송국이 이런 저런 지표 장난을 쳐서 광고 효과가 있는 것처럼 팔아먹을 때 빼고는.

　그러니 국장이 스팟 시청률을 궁금해하는 건 이례적인 일이었고, 유난 떠는 일이었다.

　……라고 생각했던 주조정실 직원은 마음 깊이 반성했다.

　"13%."

　"아이, 장난치지 말고요."

　"진짜야. 13%."

　"자꾸 그러시면 국장님한테 그대로 보고합니다?"

　"하라니까? 자료까지 보내 줄까?"

　"……진짜요?"

　"어. 아, 아니다. 14% 됐네. 방금."

　"아니, 이게 무슨……."

쇼미의 스폿 시청률이 채널 모션의 역대 톱 5 시청률과 동률이 되는 순간이었다.

* * *

입장을 완료한 방청객들이 무대를 즐기기 시작했다.

그들이 즐기는 무대는 오늘 결승에서 맞붙는 사오이와 세비어의 것이 아니었다.

앞선 탈락자들이 꾸민 합동 무대였다.

탈락은 했지만, 본선 진출자들만 모였기 때문에 그들의 무대도 수준 높았다.

보통 쇼미는 프로그램이 종영하면 톱 10 혹은 톱 16와 함께 전국 투어 공연을 시작한다.

돈이 되니까.

그러니 오늘의 방청객들은 그 투어 공연의 미리보기를 즐기고 있는 셈이었다.

"와, 브리드 진짜 잘한다."

"세비어랑 브리드는 취향 차이라던데."

"솔직히 브리드가 결승 올라갔어도 아무 논란도 없었을 걸?"

"블스도 잘하네."

"블루스크린이라고."

"아, 좀 닥쳐."

그런 시간들이 이어지다가, 무대 위로 올라온 MC가 긴장감을 고취시켰다.

드디어 쇼미 시즌 7의 파이널이 시작되는 것이었다.

첫 번째 무대는 세비어였다.

쇼미의 오랜 시청자들은 다 아는 이야기인데, 쇼미는 결승이 가장 재미없기로 유명했다.

이유는 두 가지였다.

첫째는 라이브로 진행되기 때문에 편집의 마술이 들어가지 않는다.

똑같은 무대를 하더라도, 라이브로 쭉 보여 주는 것보다는 편집점을 잡고, 강약을 조절하는 게 훨씬 재밌으니까.

둘째는 파이널이란 단어가 주는 중압감 때문에 래퍼들이 메시지에 집중한다는 점.

결승쯤 되면 사람들이 내 말에 집중한다는 걸 알고 있으니, 중요한 말을 해야 할 것 같은 압박감이 느껴지는 것이었다.

이런 관점에서 세비어는 시청자들이 전혀 예측하지 못했던 무대를 가져왔다.

-와 뭔데ㅋㅋㅋㅋ

-이거지 캬
-그래 감성팔이는 앞에서 충분히 했잖아

　메시지는 고려하지 않았고, 오직 사운드의 좋음과 랩 스킬의 타격감만을 고려한 무대.
　흔히 래퍼들끼리 'Rap shit'이라고 부르는 그것이었다.
　심지어 세비어는 음원 성적도 그다지 고려하지 않았다.
　본디 쇼미에 출연한 래퍼들은 본선에 들면 음원 성적을 신경 쓰기 마련이다.
　그래서 이지 리스닝에 눈이 간다.
　적당한 메시지, 듣기 좋은 랩 벌스, 자동 재생해 놓기 좋은 후렴.
　이것들을 선보이면 음원 수입이 쏟아지는 걸 외면하기 힘든 것이었다.
　하지만 세비어는 베테랑이었고, 프로듀서와 이야기를 나눈 끝에 그러지 않기로 했다.

　"어차피 그건 사오이, 아니 한시온의 하위 호환밖에 안 되잖아."

　세비어가 아무리 데뷔한 지 10년 차가 되는 베테랑 래퍼라고 해도, 대중성이란 명제 앞에서 한시온과 겨룰 수는 없다.

한시온은 작년 한 해, 대한민국에서 가장 많이 팔린 앨범을 프로듀싱한 사람이다.

게다가 아이돌 그룹 브랜드 지수에서 늘 1~3위를 왔다 갔다 하는 팀의 리더다.

대중들이 뭘 좋아하는지를 캐치하는 데 도가 튼 사람이라는 말이었다.

"적어도 랩 스킬에서는 네가 상대 우위잖아?"

프로듀서의 말에 동의를 한 세비어였다.

물론 세비어도, 프로듀서도, 쇼미의 제작진도 알고 있었다.

랩 스킬이 얼마나 뛰어나든, 이미 우승은 한시온으로 결정이 났다는 걸.

한시온이 정말 말도 안 되는 수준으로 무대를 망치는 것만 아니라면, 시청자 투표는 압도적일 거다.

보통의 아이돌이 쇼미의 본선에 진출하면 헤이터(Hater)들이 붙는다.

아이돌이라서 진출한 거라니, 팬심으로 투표 받아서 올라온 거라니, 시청률 때문에 제작진이 억지로 올린 거라는 등등.

하지만 한시온은 아니었다.

그는 준결승까지 그 어떤 인지도 보정도 없이 올라왔다.

그러니 헤이터들이 붙지 않았다.

물론 이해할 수 없는 악의를 가진 안티들이 있긴 하지만, 그래 봐야 한 줌이다.

오히려 이제 힙합 팬들은 한시온을 좋아했다.

-인지도 빼고 딱 랩으로만 겨뤄서 올라온 거 개호감임ㅋㅋㅋ

-그니까. 몬가 진지하게 임한 거 같음.

-아이돌이라서 막 카메라 앞에서 억지로 착한 척하고 그런 것도 없지 않았나?

-오히려 인성이 썩 좋아 보이진 않았음ㅋㅋㅋㅋㅋ

-내가 이번에 커밍업넥스트를 처음으로 정주행해 봤거든? 한시온 성격이 원래 좀 쿨한 듯.

-ㅋㅋㅋ나도 사람들이 힙시온 힙시온 거리는 것만 알았지, 어떤 성격인지 몰랐는데 이번에 알았음.

-이 새끼 패기 있던데ㅋㅋㅋ 난 아이돌에 별 관심이 없어서 최대호랑 싸우고 나온 것도 처음 앎.

힙합팬들은 편견이 심하다는 단점이 있지만, 기믹 아닌 실력에 대해 찬사를 보낼 줄 안다는 장점도 있었다.

그런 이들에게 지지를 받았으니, 세비어가 뭔 짓을 해도 한시온을 이기긴 힘들었다.

하지만 적어도 작은 만족감은 가져가고 싶었다.

음악가나 스타의 영역에서는 패배하겠지만, 래퍼의 영역에서는 소소한 승리라도 거뒀다는.

그래서 이런 무대를 선보인 거였고, 그건 먹혔다.

-진짜 랩 하나는 기깔난다ㅇㅇ
-영리한 선택한 듯ㅇㅇ
-재밌다ㅋㅋㅋ

그렇게 세비어의 무대가 끝나고, 4강 진출자였던 블스와 브리드의 합동 무대가 시작되었다.

이 다음이 사오이의 파이널 무대였다.

-한시온은 뭐 하려나.
-모르겠음ㅋㅋㅋ 세달백일 피쳐링 부르고 그러면 좀 실망할 듯
-ㅇㅇ나도 그냥 딱 세비어처럼 랩씬으로 조지면 좋을 거 같은데

-막상 한시온은 랩스킬을 ㅈㄴ 뽐낸 적은 없지 않냐?
-그렇긴 한데 진짜 음악성이 개사기인 듯; 음악을 너무 잘함.
-솔로 앨범이나 랩으로 꽉 채워서 하나 내주면 좋겠다.
-그래봐야 아이돌 특유의 미니 앨범 아니겠냐. 한 4~5트랙 들어간.
-너 세달백일 앨범 한 번도 안 돌려 봤지? 힙시온과 친구들은 풀렝스 앨범 아니면 취급 안 함
-ㄹㅇ?
-ㅇㅇㅇ 1집 앨범이 13트랙인가 14트랙인가 그랬음. 2집도 그렇구.
-2집은 따지고 보면 한 40트랙 되지 않냐.
-아 그치. 유닛까지 다 포함하면 그렇지ㅋㅋㅋㅋㅋ 온새미로 솔로 앨범도 풀렝스였고.
-오 세달백일에 별로 관심 없었는데 풀렝스라니 좀 궁금하다. 한번 들어 봐야겠다.
-근데 막상 들어보면 어디서 들어 본 노래가 대부분일걸? 하도 많이 음원 차트에 올라가 있어서.
-진심 음악성 뽕맛 느끼고 싶으면 영어 버전으로 들어라. HR에서 낸 TFD 영문 버전이 진짜 재밌음.
-ㅇㅇㅇ 나도 한국어 특유의 감성이 빠진 게 더 사운

드 뽕맛 느껴지더라.
 -영문 버전도 있어?
 -너 뭐 템플스테이 하고 왔냐. 그거 빌보드 앨범 차트 성적 어마어마하게 높았음
 -기사는 본 것 같았는데 그닥 관심 없었지.
 -사실 나도 이번에 알았음ㅋㅋㅋ

 그렇게 시청자들이 각자의 게시판에서 쇼미나 한시온에 대해 떠들고 있을 때, 블스와 브리드의 합동 무대가 끝이 났다.
 그리고 결승을 준비하는 사오이의 VCR이 시작되었다.
 VCR이 시작된 직후, 시청자들의 반응은 극단적으로 갈렸다.

 -와 세달백일이 다 나온다고?
 -와 재성이다ㅠㅠㅠㅠㅠ 잘 지내는 거 같아서 다행이다ㅠㅠㅠㅠ
 -ㅋㅋㅋ힙시온쉑 그야말로 독재자네
 -지 우승하겠다고 다 부르는 거 봐ㅋㅋㅋㅋ

 세달백일, 혹은 아이돌로서의 한시온을 좋아하는 이들은 난리가 났다.

한시온이 아예 당당하게 선언을 했기 때문이었다.

[지금까지는 사오이로 무대를 꾸몄지만, 파이널 무대에서는 한시온으로 꾸며 볼 생각입니다.]

그에 반해 래퍼로서 한시온을 좋아하게 된 이들은 거부 반응을 보였다.

-아 결국 세달백일 총출동이네.
-쓰읍, 난 좀 별론데
-?? : 이름 있는 아이돌의 후렴에다 랩 하는 아이디언 대체 누구건데.
-ㅋㅋㅋㅋ하지만 본인이 이름 있는 아이돌이라는 거~
-회사에서 가만히 놔뒀겠냐? 당연히 팀원들 끼워 팔라고 했겠지. 랩시온은 무죄야ㅠㅠ
-뭔 소리냐 뉴비야. 한시온이 지네 회사 대표인데.
-아 그래…? SBI 엔터 큰 곳 아니야?
-그 큰 걸 지가 만들더라.
-그럼 더 괘씸하네?
-랩시온 어디감ㅠㅠㅠ
-랩시온 퇴갤. 힙시온 입갤.

그렇게 VCR 속에서 연습을 시작하는데, 사운드가 꽤 화려했다.

자세히는 들려주지 않았지만, 인트로인지 브릿지인지 모를 곳의 연주가 딱 밴드 사운드였다.

-세달백일이 알고 보니까 밴드 연주해 주는 거 아냐?
-쟤들 연주 잘하냐?
-랩시온한테 좀 배우지 않았겠음?
-그런 거면 ㅇㅈ

하지만 아니었다.

VCR 속의 한시온이 프로듀서 쿄와 이런저런 이야기를 나누다가, 자신이 밴드를 섭외했다는 이야기를 했다.

쿄는 처음에는 대수롭지 않아 했지만, 삐- 처리가 된 밴드의 이름을 듣고는 경악했다.

[그, 그 사람들을 백 밴드로 섭외했다고요?]
[네.]
[아니 얼마 줬어요?]
[공짜로 불렀는데요.]
[진짜요……?]

쿄의 반응에 사람들은 호기심을 느꼈다.

대한민국에는 그렇게까지 이름값이 높은 밴드가 별로 없었으니까.

-윤밴 같은 거 부른 거 아님?
-미친 소리 하지말ㅋㅋㅋㅋ
-그건 섭외하는 순간 나락임.
-?? : 선배님 백 밴드 한번 하시죠.
-ㅋㅋㅋㅋㅋㅋㅋ아니 근데 왜 힙시온이라면 가능할 거 같냐.

그 뒤, VCR에서 밴드가 등장했지만 전부 모자이크 처리가 됐다.

그것도 실루엣만 간신히 볼 수 있는 수준의 빡센 모자이크였다.

-뭐야? 진짜 유명한가 본데?
-GOTM 아니냐?
-미친 소리 ㄴㄴ 빌보드 한 자릿수 밴드가 뭔 쇼미 백 밴드를 서.

그사이 세달백일 팬덤의 반응은 또 남달랐다.

-쇼미 정주행하면서 사오이 복면 뒤에 시온이가 있다고 상상하면서 봐 봐ㅎㅎㅎ 완전 재밌음ㅎㅎㅎ
-지금도 충분히 은혜롭다....

그저 한시온이 오랜 만에 예능에 출연했다는 것 자체가 즐거운 모습이었다.
잠시 뒤, VCR이 끝났다.
드디어 진짜 무대를 선보일 시간이었다.

* * *

아이돌 지망생들에게 한시온은 애증의 존재다.
한데, 사오이가 한시온이라는 게 밝혀지자, 아이돌 지망생에 래퍼 지망생들도 포함이 되었다.
'얼마나 잘하는지 보자.'
그래서 쇼미 파이널의 방청에 성공한 래퍼 지망생들 중에는 이런 생각을 하고 있는 이들이 많았다.
그때 무대 위로 뚜벅뚜벅 한시온이 올라왔다.
쫙 빠진 정장에 살짝 느슨한 넥타이, 정돈된 머리.
보는 것만으로 감탄이 나오는 세련된 비주얼이었다.
하지만 저 복장이 회사원이나 비즈니스맨 같은 느낌을 주는 건 아니었다.

온몸으로 아티스트라는 냄새를 풀풀 풍긴다.

그때, 마이크 하나 달랑 쥔 한시온이 무반주를 시작했다.

전통적인 랩은 아니었다.

랩이라고 하기엔 멜로디가 너무 아름답다.

하지만 노래라고 하기에는 명확하게 쪼개지는 박자가 랩 리듬이었다.

영어의 비중이 80%가 넘어가는 영한 혼용의 랩이라서 가사의 정확한 워딩은 알기 힘들었다.

대충 짐작하기로는 스토리텔링인 것 같았다.

악마에게 영혼을 팔아서 뭔가를 샀다는 내용의.

하지만 가사가 중요하진 않았다.

'개사기네.'

한시온의 목소리에는 뭔가 특별한 것이 있다.

똑같은 노래를 뱉어도 깊이감이 다르고, 똑같은 가사를 뱉어도 진정성이 다르다.

이 큰 무대를 반주 하나 없는 정적 속에서 꽉 채우는 거는 건, 결코 쉬운 일이 아니었다.

마치 뮤지컬 넘버나, 연극을 보는 것만 같다.

아무도 모르겠지만, 한시온이 지금 부르는 곡은 지난 생에 불렀었던 〈The Devil Blues〉였다.

그 순간, 어디선가 드럼 소리가 훅 들어오고, 일렉트로

닉 전자 기타가 지잉- 하며 끼어들었다.

기타 사운드 뒤에 숨어서 베이스가 따라왔고, 타이밍을 재던 키보드가 신스 연주를 시작한다.

펑키했다.

웨스트코스트 특유의 감성.

마치 닥터 드레나 스눕독이 즐겨 쓰던 바이브를 밴드로 바꿔놓은 것 같은 느낌.

홀린 듯 무반주를 듣고 있던 관객들이 화들짝 놀라 정신을 차렸다.

찬물이라도 끼얹은 것 같다.

그 순간, 좁은 형태의 조명이 확 펼쳐지며 한시온의 뒤에 배치된 밴드가 보인다.

당황스럽게도, 전원 하얀 피부의 외국인들이었다.

시청자들은 자막을 볼 수 있었다.

GOTM.

한시온과 함께 할 때 GOTM의 의미는 Gram of the minute.

하지만 지금의 의미는 Great of the mans였다.

의미는 완전히 달라졌지만, 이름 자체는 같다.

회귀로 인해 상황은 완전히 달라졌지만, 한시온과 GOTM이 하는 일은 같다.

관객들을 미치게 만드는 일.

그렇게 한시온의 입이 열리며, 무대가 시작되었다.

* * *

회귀를 시작한 지 얼마 되지 않았을 때는 좋은 음악과 좋은 무대가 동의어인 줄 알았다.

또한 좋은 음악과 좋은 무대를 꾸준히 선보이면 무조건 앨범 판매량이 우상향할 줄 알았다.

지금은 안다.

쇼 비즈니스는 그렇게 단순히 돌아가지 않는다는 걸.

하지만 그때는 그렇게 생각했고, 당시의 생각이 쓸모없다고 생각하지도 않는다.

그 과정 덕분에 지금의 내가 있다.

결과적으로 난 최고의 음악으로 최고의 무대를 만드는 사람이 됐으니까.

그런 생각을 하며 오른쪽 뒤에서 신나게 기타를 치고 있는 데이브 로건을 돌아보았다.

힙합은 리프가 반복돼 지겹다고 투덜거렸던 것과 다르게, 잔뜩 신이 난 모습이었다.

저게 일류 뮤지션의 자세다.

무대 아래에서는 무슨 생각을 하든, 무대 위에 올라가면 최선을 다할 줄 아는 이들.

……아닌가?

생각해 보니까 버릇을 고쳐 주려고 세컨 기타로 코드나 굵게 시켰을 때도 저랬던 것 같긴 하다.

상념은 이어지지 못했다.

내 상념의 속도보다 빠르게 밴드의 음악이 터져 나왔기 때문이다.

누군가에겐 힙합 경연의 파이널을 장식하기에는 지나치게 록 사운드처럼 들릴 수도 있을 것이다.

하지만 그런 건 전부 편견이다.

밴드와 랩의 만남은 역사가 깊다.

1980년대 후반 런디엠씨와 에어로스미스의 만남은 문화를 바꿔 놓았고, 2000년대 초반의 린킨 파크와 제이지의 만남이 사람들의 취향을 뒤집어 놓았을 때부터.

나는 록 사운드든, 가스펠 사운드든, 루핑 되는 드럼에 라임을 맞춘다면 랩 뮤직이라고 생각한다.

랩-록인지, 록-랩인지 싸우는 건 평론가들이 할 일이다.

우리가 할 일은 그저 관객들을 신나게 하는 일이다.

그렇게 GOTM의 펑키한 연주 속으로 랩을 쏟아냈다.

이번 곡의 제목은 〈Always Like That〉.

한국말로 옮겨 보자면, '늘 그런 식' 정도가 될 것 같다.

내가, 그리고 우리가 어떻게 살아왔는지에 대한 이야기다.

**난 늘 그런 식
과거의 영광 뒤
친구들에 Play that
빌보드를 깔아 봐**

내 말을 이해할 수 있는 사람은 아무도 없다는 걸 안다.

이 세상 그 누구도 내가 얼마나 긴 시간을 GOTM과 보냈는지 모른다는 걸 안다.

내가 기록한 수많은 영광은 모두 과거다.

낡은 앨범을 뒤지듯 그것을 꺼내 GOTM의 Play를 얹어 빌보드를 폭격했지만, 그 역시 과거다.

이걸 관찰해 줄 사람은 아무도 없다.

그게 참 괴로웠었다.

하지만 이상하게도 이번엔 상관없다.

아니, 상관없어지는 중이다.

나도 왜 그런지 모르겠지만, 아마 이 무대가 끝나면 알게 될 것 같다.

그러니 이 곡의 첫 번째 벌스는 나와 GOTM의 이야기였다.

다른 사람들은 세달백일의 이야기인 줄 알겠지만.

우린 늘 그런 식
적당한 리듬 뒤
웃음소리를 얹으면
대단한 명곡이 됐지

솔직히 말하자면, 난 항상 남 탓을 해 왔다.

팀원들이 나만큼 할 수 없는 건 당연한 일이다.

난 회귀자고, 그들은 아니니까.

그럼에도 불구하고 나는 실패를 할 때마다 팀원들을 욕해야 했다.

그렇지 않으면 버틸 수가 없으니까.

내 실력은 완성되었고, 미래가 더 나아질 거라는 희망은 오직 타인에게서 온다.

그러니 '더 좋은 팀원을 만났다면 성공했을 텐데.'와 '다음 회차에는 더 좋은 팀원을 만날 수 있을 거야.'라는 남을 탓하며 피어오르는 희망만이 내 등불이었다.

그러니…….

GOTM은 내 등불을 꺼트린 이들이었다.

너흰 늘 그런 식
가리킨 달을 본 뒤
의심은 버리고
전력으로 달렸지

왜냐하면, GOTM은 너무나 좋은 이들이었기 때문이었다.

인성적으로, 실력적으로도, 조합적으로도 완벽했다.

심지어 모두 보통 수준 이상의 향상심을 가지고 있었다.

GOTM은 한두 번 만에 멤버 조합을 완성한 팀이 아니다.

수도 없이 멤버 교체가 있었고, 조합에 따라 한 번 제외했던 이들을 다음 생에서 끼워 넣기도 했다.

심지어 총원조차도 바뀌었다.

4명이었던 적도 있고, 6명이었던 적도 있고, 7명도 고려해 봤다.

데뷔 직전에 한 명을 쳐내며 7명까지는 가진 않았다.

그렇게 나온 최고의 조합이 이들이다.

앤드류 건, 데이브 로건, 존 스카이, 스티브 립그렌.

이들보다 더 좋은 팀원을 만날 수 있다는 게 상상이 되지 않았다.

그렇기 때문에 GOTM의 실패를 인정했을 때, 난 너무 힘들었었다.

  미국에 쌓아 놓은 모든 경험과 기반을 버리고 한국으로 올 정도로.

  한국에서 그토록 싫어하던 '빌어먹을 아이돌'에 도전할 정도로.

**그러니 늘 그런 식
전부 다 뒤에 내려놓고
언젠간 떠나도
미소가 남겠지**

  그렇게 난 GOTM을 버렸다.

  감상적이지 않으려고 무던히 노력했고, GOTM을 생각할 때면 재능에 대해서만 떠올리려고 노력했다.

  그들과 함께한 추억을 딱히 구체적인 생각이나 입에 담은 적은 없었던 것 같다.

  나의 회귀는 언제나 과거로의 단절을 의미한다.

  그래도 이전 생에서 친하게 지냈던 이들은 챙겨 줄 수 있지 않냐고?

  내가 성공한 다음에 잘될 수 있도록 도와줄 수 있지 않냐고?

  그런 말랑말랑한 생각을 나도 한 적이 있었다.

하지만 내가 지금까지 함께 팀을 꾸린 뮤지션들은 백 명이 넘을 거고, 친하게 지낸 이들은 천 명이 넘을 거다.

내 앨범 크레딧을 도와준 이들은 만 명이 넘을 거고, 날 진심으로 응원해 준 팬들은 셀 수가 없을 거다.

그들 모두를 도와줄 수 없다면, 모든 걸 단절하는 게 맞다고 생각했다.

회귀자의 추억이란 그런 거니까.

나 혼자 기억을 한다는 건 추억이 아니라 망상인 거니까.

하지만 이번 생에서 난, GOTM을 도와주게 되었다.

가벼운 변덕에서 시작한 일이고, 이제는 충동으로 벌어진 일이다.

왜 그런 일이 벌어졌을까?

어쩌면 정답은 나한테 있지 않을 거다.

지금, 밴드 옆에서 리프팅을 타고 올라오는 네 명의 남자들에게 있을 거다.

세달백일.

무대를 꽉 채워 줄 후렴의 군무와 보컬을 책임져 줄 이들.

그들의 등장과 함께 사람들이 비명을 질렀다.

* * *

무대 위에 선 최재성은 복잡한 감정을 느꼈다.

첫 번째로 느낀 감정은 시온 형이 좀 이상하다는 것이었다.

저 형의 감정이 겉으로 보일 정도로 날뛰는 경우는 정말 드물다.

한데, 지금은 감정이 요동치는 게 눈에 보인다.

두 번째로 든 생각은 숨이 찬다는 것이었다.

오랜만에 무대에서 춤을 춰서 그런지, 평소보다 훨씬 더 숨이 차는 것 같다.

심지어 그는 다른 형들처럼 노래를 부르고 있는 것도 아닌데.

세 번째로 느껴지는 감정은……

최재성이 피식 웃었다.

'집어치워.'

그래, 전부 거짓말이다.

지금 최재성이 느끼고 있는 진짜 감정은 딱 하나밖에 없다.

아쉬움.

무대에 올랐음에도 노래를 부를 수 없다는 아쉬움.

그게 가득하다.

목이 나은 뒤, 연습실에서 노래를 불러 보고는 깨달았다.

다시 예전처럼 노래하는 건 불가능하다는 걸.

하지만 이상하게도 체감이 잘 되지가 않았다.

자신이 다른 이들보다 노래를 못하는 건 하루 이틀 일이 아니다.

커밍업 넥스트를 할 때만 해도 시온 형을 보며 감탄하고, 온새미로 형을 보며 놀라고, 태환 형의 변화를 보며 부러워했다.

커밍업 넥스트가 끝나고는 이온 형의 성장세를 보고 질투했었다.

그러니 크게 다른 느낌이 안 드는 것이었다.

어차피 난 언더독이었으니까.

시간이 지나면 다 해결되지 않을까?

어이없게도 그런 낙천적인 생각이 들었다.

하지만 지금.

완벽하게 깨달았다.

자신은 이제 예전처럼 노래를 할 수 있는 사람이 아니라는 걸.

어쩌면 시온 형은 이걸 알려 주기 위해서 자신을 무대 위로 불렀을 수도 있을 것 같다.

꿈 깨라고.

절대 예전으로 안 돌아간다고.

'참……. 한결같은 사람이네.'

서울 타운 펑크에서 네가 제일 못했다고 말하던 때와 크게 달라지지 않았다.

하지만 그런 말을 해 주는 마음은 달라졌을 거다.

예전은 담담한 팩트였다고, 지금은 위로가 담겨 있다.

이게 끝이 아니라고.

넌 다른 방식으로도 빛날 수 있다고.

지금이 무대가 주는 공기와 습도와 열기를 보면 알 수 있지 않냐고.

시온 형은 자신의 등으로 그런 메시지를 보내고 있었다.

랩을 하라고.

어느새 잡생각이 사라진 최재성은 춤에 몰두했다.

세달백일 멤버들이 만들어 내는 완벽한 후렴 때문에 처음엔 기가 죽었었다.

내 자리가 없는 것 같아서.

하지만 괜찮지 않을까?

난 언제나 형들보다 못했으니까.

지금도 다시 처음으로 돌아갔을 뿐이다.

하지만 뭐…….

'잘해질 수도 있겠지.'

늘 그렇듯 말이다.

* * *

첫 번째 벌스는 GOTM과 나의 이야기였다.

첫 번째 후렴은 오롯이 세달백일의 몫이었다.

하지만 내가 빠진 세달백일이었다.

회귀 초창기만 하더라도 티는 내지 않았지만, 난 여전히 GOTM의 소속 같은 생각이 있었으니까.

두 번째 벌스는 세달백일과 나의 이야기였다.

생각해 보면 좀 재미있긴 하다.

한평생 내가 선택한 이들과 팀을 꾸려 왔는데, 이번에는 아니었으니까.

우연히 만난 이들과 한 팀이 되어서 이렇게까지 끈끈한 사이가 될 줄 몰랐다.

그러니 마지막 후렴은 나와 세달백일의 몫이었다.

마치 세달백일 앨범의 축소판과 같은 후렴이었다.

구태환이 도입을 맡고, 이온 형이 이어 가고, 온새미로와 내가 하이라이트를 잡는.

그래서 힙합곡 치고는 후렴이 상당히 긴 편이었다.

단순 길이만 따지면 벌스와 거의 비슷하다.

하지만 뭐, 요즘 빌보드 랩 송들은 이런 게 추세니까.

크게 이상하지도 않다.

따지고 보면 〈Always Like That〉은 구성이 상당히 산만하다.

무반주 인트로로 시작해서, 밴드 사운드로 포문을 열고, 아이돌 그룹의 후렴이 들어왔다.

가사적으로도 그렇다.

아무 것도 모르는 이들이 보기에는 벌스 1에서는 끈끈한 팀워크를 이야기하고, 벌스 2에서는 서서히 친해지는 관계를 이야기하니까.

이 모든 게 세달백일과 한시온의 이야기라고 생각하는 청자들에게는 시간적인 구성이 잘못됐다는 느낌을 줄 수도 있다.

하지만 이번에는 듣는 이들보다는 내 충동을 좀 더 고려했다.

이 노래는 내가 하고 싶은 이야기니까.

그리고……

-꺄아아아아아악!
-우와아아아아아아!

노래가 깡패잖아?

평론가들처럼 하나하나 곱씹어 보면 복잡하고 산만할지 몰라도, 무대는 절대 아닐 거다.

오히려 단 한순간도 긴장을 놓을 수 없는 구성이지.

그렇게, 나의 쇼미 무대가 끝이 났다.

세비어에게는 미안한 이야기지만, 어차피 내 우승은 결정된 지 오래다.

사오이와 한시온이 가지고 있는 스타성이 그렇다.

그러니 내가 해 줄 수 있는 건 세비어가 '이건 당연히 내가 졌네'라는 수긍을 도와주는 일이다.

그리고 아마, 잘되지 않았을까 싶다.

내 무대가 끝나고 시청자 투표가 집계되는 사이, 무대 위에서 댓글 반응을 상상했다.

-야 미친 GOTM을 불러?
-ㅋㅋㅋㅋㅅㄴ 치트키 아니냐
-아니 부른 것도 부른 건데, 진심으로 백 밴드로 부른 게 더 어이없음ㅋㅋㅋㅋ
-세달백일은 후렴 구간 빼면 거의 뭐 백댄서던데?
-재성이 오랜만에 봐서 좋았다

뭐 이런 반응들이지 않을까?

그런 생각을 하는 사이, 투표 집계가 끝났고, 결과가 발표되었다.

"우승은……! 사오이!"

이변이 있을 리가.

MC가 우승 소감을 물어보며, 이제부터는 어떤 활동을 할 건지 묻는다.

음, 생각해 보니 내일 마스크드 싱어 촬영 가야 하는데.

오후 2시 녹화니까, 오늘 하루 정도는 푹 쉬어도 되지 않을까?

"일단 푹 쉬면서 우승을 만끽할 생각입니다."

예기치 못하게 시작했지만, 또 예상보다 훨씬 즐거웠던 쇼미가 막을 내리는 순간이었다.

Album 24. 제2막

현수 삼촌이 연애를 시작했다.

"그래서 숙모님은 언제 보여 줘요?"

"숙모님은 무슨. 아직은 그냥, 어, 그냥 만나는 거야."

마음속으로는 엄청 진지하면서 말만 저러는 거 다 안다.

현수 삼촌은 모솔은 아니지만, 모솔에 가까울 정도로 연애 세포가 죽어 있던 사람이었으니까.

결과적으로 현수 삼촌의 연애는 내 덕분이다.

내가 심심하면 메시지를 보내서 살 빼라고 잔소리를 했으니까.

언젠가 한 번 말했듯이, 현수 삼촌은 살을 빼면 숙모님을 만나서 결혼을 한다.

살을 빼면 개원 뽕이 차올라서, 부동산을 전전하고, 그 중 한 곳에서 숙모님을 만나는 거니까.

몇 번을 보는 상황이지만, 참 이상하다.

다이어트랑 개원이랑 무슨 상관관계가 있는지 모르겠고, 개원할 돈도 없는 양반이 부동산은 왜 가는지도 모르겠으니까.

그래도 숙모님은 좋은 분이니까, 잘됐다.

삼촌과 그런 이야기를 나누며 오랜만에 부모님의 병실에 들렀다.

"그거 알아?"

"뭐요?"

"재성이가 여기 가끔 온다."

"재성이가요?"

"자기는 시간이 많대."

꼭 그 이유만은 아닐 거다.

최재성이 부모님에게 가지고 있는 생각이 복잡한 만큼, 타인의 관계와 비교하고 싶은 마음도 있을 거다.

그게 불행에 대한 공감일지, 그래도 나는 좀 낫다는 우월일지는 누구도 모른다.

원래 사람의 감정은 이성의 언어로 표현할 수 있는 게 아니니까.

하지만 여기서 우리 부모님을 보면서, 본인의 부모님을

떠올렸다는 건 확실하다.

또한 여길 방문할 때마다 우리 부모님이 깨어나길 기도했다는 것도 확실하고.

그러니 고마운 일이다.

그런 생각을 하고 있는데, 현수 삼촌이 물었다.

"네가 걔한테 랩을 하라고 했다며?"

"그런 이야기도 해요?"

"얼마 전에 구내식당에서 같이 밥먹은 적 있거든."

"구내식당인 걸 보니까, 또 아무도 당직을 안 바꿔 줬나 보네요?"

"야! 아니거든! 내가 진짜……."

현수 삼촌이 멈칫한다.

"왜 말을 하다 마세요?"

"아니, 보기 좋아서."

"뭐가요?"

"네 얼굴이."

현수 삼촌의 말에 창문에 비춘 내 얼굴을 쳐다보았지만, 별달리 달라진 건 모르겠다.

여전하다.

"이전보다 훨씬 생기 있는 것 같아."

"그래요?"

"어. 말은 안 했지만, 너 커밍업넥스트 할 때는 진짜 낯설었어."
 안다.
 그리고 현수 삼촌은 그 낯섦 따위 전혀 개의치 않으며 날 위해 주는 사람이다.
 "그냥, 왠지 다 잘될 것 같아요."
 "그래?"
 "네."
 "네가 옛날부터 미래 예지력이 좀 있었잖아."
 "제가요?"
 처음 듣는 이야기다.
 "어, 기억 안 나? 너 막 유치원 때 나한테 악담하고 그랬는데."
 "무슨 악담이요?"
 "당시에 내가 좋아하던 여자랑 절대 안 될 거라고."
 "악담이 아니라, 데이터에 의거한 통계 분석이 아니었을까요?"
 "웃기고 있네. 쪼끄만했던 게. 너 내 바지에 오줌도 쌌어."
 "그럴 리가. 아이돌은 소변 같은 거 안 눠요."
 "아무튼 그런 게 좀 있었어. 쪼끄만 게 가만히 보다가 어떻게 될 것 같다고 하면, 보통 이루어지더라고."
 그랬나?

전혀 모르겠다.

현수 삼촌은 그 뒤로 완전히 잊어버린 내 유년기 시절 이야기를 신나게 털어놓았다.

솔직히 전혀 기억이 안 난다.

희미한 것도 아니고, 그냥 없던 일 같다.

내가 얼마나 많은 세월을 거슬러 올라갔는데, 초등학생 때 기억이 날 리가.

하지만 그냥 가만히 듣고만 있었다.

당시의 나를 상상하기 위해서가 아니라, 당시 날 보고 지었을 부모님의 표정을 상상하기 위해서.

"아무튼 네가 잘될 것 같다고 하니까, 그럴 것 같네."

"네. 그러면 좋겠네요."

"오늘은 진짜 밖에서 외식하자. 당직이 아니거든."

그날은 정말로 현수 삼촌이랑 밖에서 밥을 먹었다.

* * *

사오이, 아니 한시온의 쇼미 우승 이후로 재미있는 일들이 많이 벌어졌다.

우선은 쇼미 콘서트의 한시온 불참 선언이었다.

본래는 반대였다.

어떻게든 쇼미 콘서트에 이름을 올리려고 하는 참가자

들이 천지였다.

쇼미 콘서트는 자본주의적으로 꽤 매력 있는 포맷이었다.

전국 투어를 도는 데다가, 한 도시에서 2~3회 공연은 기본으로 깔려 있다.

뿐만 아니라, 여기 참가하면 공연 대행사들의 픽이 된다.

대행사들은 기본적으로 톱스타가 아니면 현 시점에 가장 잘 먹히면서도 저렴한 이들을 리스트업 한다.

여기 딱 맞는 매물이 쇼미 참가자들이었다.

소속사가 없는 이들이 대다수라서 가격이 싸고, 3~4개월 반짝 장사하기에 좋은 유명세를 가지고 있으니까.

한데, 여기 사오이가 빠지는 건 방송국 입장에서는 꽤 타격이 있는 일이었다.

이런 일이 가능했던 것은 출연 계약서에 방송국에 유리한 조항이 있었기 때문이었다.

적나라하게 말하자면, '쇼미 이후에 프로그램의 인지도 빨로 진행되는 행사는 협의해야 한다'였다.

이는 참가자들이 지나치게 뻗대는 것을 막기 위해서였다.

'협의'라는 단어는 절대 갑이 존재하면 '협박'이 될 수 있으니까.

너 그렇게 뻗대면 쇼미 이후에 진행되는 모든 행사에서 제외해 버린다는 말 한마디로.

하지만 한시온은 이걸 반대로 이용했다.

말도 안 되는 출연 금액을 부른 다음에 '싫으면 말든가'를 시전했다.

방송국 입장에서는 상당히 당황스러운 일이었다.

그동안 절대 갑만 해 봤지, 을이 되어 본 적이 없으니까.

한시온이 이렇게 나올 수 있는 건, 쇼미 이후 벌어지는 행사들이 연출자인 윤정섭 피디와 관련 없는 일이기 때문이었다.

메인 연출자가 행사에 개입한다는 것도 웃긴 일이었고, 이건 방송국 사업 본부에서 진행하는 일이다.

더불어 쇼미가 오래 진행되면서 연출 쪽과 사업 쪽에서 알력 다툼이 있었기에, 윤정섭 피디는 권한이 0이었다.

그게 방송국의 발목을 붙잡은 것이었다.

그러니 이제 방송국이 한시온의 발목을 붙들고 늘어지는 수밖에 없었다.

결과적으로는 한시온은 전국 투어가 끝나고 진행되는 서울 파이널 공연에서 2회만 참여하게 되었다.

이것도 안 하려다가, 의리로 해 준 것이었다.

수많은 배려를 해 준 윤정섭 피디와 오소희 작가를 위

해서.

하지만 이런 이슈보다 더 화제가 된 것은 따로 있었다.

바로 GOTM의 출연이었다.

-힙찔이들 GOTM 모름?
-와 어떻게 GOTM을 모르지?
-현시점에서 제일 잘나가는 빌보드 밴드 아니냐?
-얘네 포텐 쩜; 괜히 HR 코퍼레이션에서 이 악물고 밀어주는 게 아님.

원래 인터넷에는 '이걸 모른다고?'가 많다.

내가 원래 알고 있는 지식을 자랑해서 자존감을 채우기 위함이었다.

그렇기 때문에 GOTM은 쇼미에 등장하면서 어마어마하게 과대 포장이 되었다.

사실 한시온이 보기에 GOTM은 아직 그 정도 레벨은 아니었다.

빌보드 최상위권에 성공적으로 진입했으니 라이징 스타라고 볼 수 있겠지만, 또 인지도는 그 정도까진 아니다.

아는 사람만 확실히 아는 밴드?

물론 여기서 1집 앨범만 제대로 터진다면 진짜 스타가

되긴 할 거다.

순수하게 '유명세'라는 개념만 따져 보자면 GOTM에는 한시온이 없는 게 더 낫다.

한시온이 끼어들면 '다국적 밴드' 이미지를 갖게 되는 지점이 있기 때문이었다.

그러나 어찌 됐든 한국의 대중들은 GOTM이 어마어마하게 유명한 밴드라고 생각하게 되었다.

자연스럽게 궁금할 수밖에 없었다.

그토록 유명한 밴드가 대체 왜 쇼미에 출연했을까?

아니, 출연이라는 말도 웃기다.

인터뷰 분량 하나 없이 백 밴드로 기가 막힌 연주만 선보이고는 사라졌으니까.

사실 GOTM의 결성에 한시온의 지분이 절대적이며, 한시온의 오더(본인은 아니라고 주장하겠지만)를 받고 멤버들을 찾아 헤맨 건 대외비였다.

대외적으로는 빌보드 톱 프로듀서인 크리스 에드워드가 재능 있는 이들을 끌어모은 것으로 되어 있다.

그게 백인 컬처에 잘 먹히기 때문이었다.

하지만 HR은 무슨 생각이었는지, 이런 사실을 오픈해도 된다는 이야기를 건네 왔다.

결과적으로 GOTM은 오랜만에 찍는 세달백일의 자컨에 출연하게 되었다.

자컨이라고 하지만 거창한 건 아니었고, 자료 화면을 곁들인 소소한 인터뷰들이었다.

자료 화면의 대다수는 쇼미 무대를 준비하면서 벌어진 해프닝이었고.

이 자컨은, 아이돌 자컨 레벨을 넘어선 파급력을 가져왔다.

영상의 조회 수가 4천만을 돌파했는데, 그중 1천만 정도는 외국인이었고, 다시 2천만 정도는 아이돌에 큰 관심이 없는 대중들이었다.

즉, 아이돌 자컨이 아니게 됐다는 것이었다.

-야 GOTM이랑 세달백일이랑 왜케 친해 보이냐.
-한시온 뒷담 까는 사이라잖아.
-ㅋㅋㅋㅋㅋㅋㅋㅋ아니 GOTM은 왜 그렇게 한시온을 무서워하지?
-바로 나오네.
-GOTM이 한시온한테 연주를 배운 적이 있다고???
-한시온이 그 정도 레벨인가?
-이제 이 소리도 지겨움. 우리가 못 알아볼 뿐이지, 한시온이 그 정도 레벨인가 봄.
-ㅇㅇ 솔직히 얘가 지난 2년간 해 온 걸 보면 희대의 천재라고 안 불리는 게 이상할 정도야.

-오, 한시온 베이스 치는 거 봐라. 개쩌는데?

-걍 다 마케팅이지; 나 베이스 전공자인데 저 정도는 동네 실음학원에서도 침.

-웃기고 자빠졌네zzz

여기서 한시온과 GOTM의 관계가 꽤 많이 풀렸고, GOTM-세달백일-크리스 에드워드의 관계성도 많이 보여졌다.

원래는 1부로 끝낼 자컨이었는데, 워낙 관심이 높아서 한 부가 더 제작되기도 했다.

한국인들이 해당 영상을 한시온의 입장에서 해석을 했다면, 외국인들은 달랐다.

그들은 슬쩍슬쩍 나오는 GOTM의 새로운 앨범 곡에 열광했다.

-방금 그 리프 뭐야?

-10초만 들었는데 벌써 날 사로잡은 것 같아.

-퀘스천 가이는 케이팝 뮤지션 말고 프로듀서로 직업을 바꿔야 해.

-저 귀여운 남자애가 퀘스천 가이야? 보니와 로니의 팟캐스트에 나온?

-맞아. 아직도 이걸 모르는 사람이 많네.

―잠깐만, 그러면 퀘스천 가이가 다큐멘터리에 나온 자이온이잖아.
―난 이제 이 대화가 지겨워.

일련의 상황 속에서 한시온은 HR 코퍼레이션이 왜 갑자기 밴드의 결성 비하인드를 풀었는지 알게 되었다.
제임스 딘.
GOTM의 사업성을 담당하는 로이드 매커가 한국으로 파견을 보낸 HR의 직원.
그가 자신이 보고 들은 것들을 로이드 매커에게 보고했기 때문이다.
결론은 간단했다.
한시온과 GOTM이 합을 맞춘다면 1집은 성공할 것이다.
현재 GOTM은 1집을 반드시 성공시켜야 하는 위치에 있다.
그러니 한시온을 객원 보컬로 쓰자.
특별히 이상한 일은 아니었으나, 또 이상한 일이기도 했다.
빌보드 최상위권을 노리는 밴드의 성공을 장담하기 위해서 케이팝 뮤지션을 고용하려는 거니까.
이걸 이상하게 여기지 않는 것은 한시온밖에 없었다.

한시온이 고민하는 바는 간단했다.

이렇게 GOTM이 자신의 영향 아래 있어도 되는지였다.

과거의 친구들에게 곡을 주는 건 얼마든지 할 수 있는 일이다.

하지만 그 친구들의 성공에 직접 개입하는 건 고민이 된다.

결론적으로 한시온은 한 가지 조건을 제시하고는 이 제안을 수락했다.

1집 앨범 이후로는 다시는 GOTM과 보컬 작업을 하지 않겠다는 조건.

작곡한 곡이야 종종 줄 수 있겠지만, GOTM이란 악기를 뒤에 두고 전면으로 나서는 일은 마지막일 거라는 이야기였다.

조건은 수락되었다.

"아니, 시온이는 개인 활동을 뭐 그렇게 화려하게 해?"

"그냥 스페셜 유닛 활동이라고 생각해. 어차피 앨범만 녹음하고 프로모션 활동은 안 할 거니까."

어이없는 말이겠지만, 사실이었다.

마지막으로 사람들에게 화제를 불러일으킨 것은 오랜만에 TV에 등장한 최재성이었다.

누군가는 노래를 못하게 된 최재성을 백댄서로 쓴 한시온이 싸이코패스라고 했고, 또 누군가는 여전히 한 팀으로 여기는 따뜻한 사람이라고 했다.

하지만 세달백일은 개의치 않았다.

그들은 남들의 시선에 구애받는 팀이 아니었으니까.

그렇게 수많은 화제들이 일어났으나, 늘 그렇듯 천천히 식어 갔다.

그 대신 새로운 화제가 나타났다.

"아니, 미친 뭐야?"

도주박의 1인이자, 마싱에서 이이온의 명예 졸업을 저지한 박창현.

아니, 〈구한말사나이〉.

그의 명예 졸업 편이 방송되는데 말도 안 되는 인물이 등장한 것이었다.

〈본업으로돌아온사오이〉.

그냥, 대놓고 한시온이었다.

* * *

마크스드 싱어를 시청하는 모든 시청자들이 99.99% 박창현으로 확신하고 있는 〈구한말사나이〉의 명예 졸업 전은 한 가지 시청 포인트가 있었다.

바로, 명졸이 쉬워졌는지였다.

마스크드 싱어가 개편된 이후 생긴 명졸의 역사는 무려

5년 넘게 이어진 것이었다.

한데, 거의 4년 반 동안 명예 졸업자는 딱 한 명이었다.

도주박의 1인이자, 보컬의 신이라고 불리는 도재욱.

문제는 나머지 9개월 동안 두 명의 명졸자가 탄생했다는 것이었다.

〈내마음의미로〉라는 닉네임을 달고 나왔던 온새미로.

〈진짜오리지널〉이라는 닉네임을 달고 나왔던 구태환.

게다가 명졸에 거의 근접했었던 〈무해한전해질〉 이이온까지.

여기서 이이온은 빼도 되긴 한다.

명졸에 도전했다가 4주 차에 탈락한 사람은 찾아보면 좀 있으니까.

하지만 세달백일이라는 카테고리로 묶이기 때문에 사람들은 이이온을 '까비명졸자'라는 이상한 칭호로 묶어 부르기도 했다.

아무튼 사람들의 인식에 명졸자, 혹은 명졸전이 가벼워진 느낌이 있었다.

물론 객관적인 증거는 아니었다.

객관적으로 따지자면 온새미로나 구태환은 어마어마한 라인업을 뚫고 명졸을 달성했으니까.

이이온은 박창현과의 연장전에서 패배했고.

하지만 시청자들은 보통 객관성을 고려하지 않고, 감성

적인 부분으로 판단을 하기 마련이다.

　-라인업은 살벌하긴 했는데, 뭔가 좀 명줄을 밀어주는 느낌도 있지 않았어?
　-온새미로는 아니었음. 키토랑 이현욱 패고 올라갔으니까ㅋㅋ
　-장수진도 있지 않았냐?
　-ㅇㅇㅇ 맞음.
　-근데 확실히 구태환부터는 좀 편의를 봐준 거 같기도 하고?
　-라인업은 이이온이 ㅈㄴ 약했지. 박창현 등장 안 했으면 좀 공짜 명줄 느낌이었음.
　-그래도 박창현이랑 연장전까지 가서 박 터졌잖아.
　-아 그 무대 둘 다 좋음ㅋㅋ 개인적으로 레전드.
　-암튼 최후의 난관은 남겨 놓긴 하지만, 명줄을 좀 쉽게 가는 느낌이지?
　-ㅇㅇㅇ 제작진이 준비한 라인업 떨어질 때도 됐지.
　-박창현도 백퍼 명줄할 듯.
　-그럼 도주박에서 성한이 형만 명줄 못하네ㅠㅠㅠ
　-그 형 구태환한테 지고 흑화해서 예능 하던데ㅋㅋㅋㅋㅋ

이런 분위기에서 사람들은 박창현의 명줄을 점쳤으며, 또한 박창현이 명줄을 한다면 명줄의 네임밸류가 떨어질 수도 있다고 생각했다.

그러나 모든 시청자들은 방송이 시작되자마자 머릿속에 물음표를 띄울 수밖에 없었다.

본업으로돌아온사오이.

길고 장황한 닉네임을 보는 순간, 인지부조화가 왔기 때문이다.

마싱 출연자가 사오이란 닉네임을 쓸 수는 있다.

정말 말도 안 되는 가정이지만, 사오이에 아주 큰 의미가 있어서 '쇼미 우승자 한시온'과 무관하게 사용할 수도 있다.

시청률에 미친 제작진놈들이 그걸 허락해 줄 수도 있고.

하지만 지금 보이는 닉네임은 사오이가 아니다.

'본업으로 돌아온' 사오이다.

그렇다면······.

-아니 미친 한시온이잖아?!

가정은 딱 하나밖에 없다.

한시온.

저건 무슨 가정을 해도 불과 얼마 전에 쇼미를 우승했던 한시온이었다.

심지어 가면도 똑같았다.

사오이는 쇼미 초창기에는 이런저런 복면을 아무렇게나 돌려썼다.

하지만 인터뷰에서 종종 불편하다는 이야기를 하고, 본선에 진출하면서부터는 하나의 복면만 썼다.

특별히 얼굴의 형태에 맞춰 맞춤 제작을 했고, 통풍이 잘돼서 좋다는 이야기까지 했다.

지금 마싱에 나온 참가자가 그 복면을 쓰고 있었다.

잠깐의 인지부조화 뒤로는 이어진 것은 폭발적인 반응이었다.

-와 진짜 이 정도면 힙시온 그 자체다. 행보 하나 하나가 예상이 되는 게 없음ㅋㅋㅋㅋㅋ

-ㄹㅇ 보법이 다르다ㅋㅋㅋㅋ

-아니 존나 웃기네. 본업으로돌아온사오이ㅋㅋㅋㅋㅋ

-ㅋㅋㅋㅋㅋ본돌사ㅋㅋㅋㅋㅋ

-본돌사 좋다ㅋㅋㅋㅋ

-쇼미 우승만으로는 만족이 안 됐는 듯?

-아 근데 한시온은 보컬이 본업이고 최고존엄이긴 함.

물론 모든 시청자들이 '사오이'라는 캐릭터를 아는 건 아니다.

하지만 적어도 인터넷 커뮤니티, 시청자 게시판, SNS에 감상평을 남기는 이들은 알았다.

-야씨 인터뷰 ㅈㄴ 기대된다.
-첫판 이겨야지 인터뷰하지?
-ㅇㅇㅇㅇㅇ
-여기서 지면 진짜 개 민망할 텐데.

물론, 그런 일은 없었다.

한시온은 1차전에서 80년대 후반 포크송인 〈휘파람〉을 불렀는데, 그다지 유명한 곡은 아니었다.

하지만 한시온은 한시온이었다.

-야 미친 존나 힙해ㅋㅋㅋㅋㅋ
-진심 힙시온 그 자체.
-백 밴드 아저씨들이 이렇게까지 좋아하면서 치는 건 처음 본다.
-와 고음도 별로 없는데 뭐 이렇게 곡이 드라마틱한 거 같냐.

한시온 때문에 탈락한 참가자는 엄청나게 유명한 사람은 아니었다.

이는 예상할 만한 부분이기도 했다.

방금(방송적인 의미로) 쇼미를 우승하고 온 한시온이란 카드를 썼으면, 적어도 복면왕전까지는 가야 했으니까.

거기서 복면왕이 되면, 기존 복면왕인 〈구한말사나이〉의 명졸전에 참여해야 했고.

이어진 인터뷰는 정말 재밌었다.

[어, 음…….]
[…….]
[그, 제작진이 왜 대본에 아무 것도 안 적어 놨나 했는데…….]
[안녕하세요.]
[어우, 안녕하세요. 한, 본업으로돌아온사오이님.]

-ㅋㅋㅋㅋㅋㅋㅋㅋㅋㅋㅋㅋㅋ
-ㅋㅋㅋㅋㅋㅋ제작진 새끼들도 감출 생각이 없네ㅋㅋㅋㅋㅋㅋ
-한, 본업ㅋㅋㅋㅋㅋ

[출연을 결심한 계기가 뭡니까?]

[구한말사나이 선배님이…….]

[선배님이요? 혹시 정체를 아시나요?]

[아니, 그 구한말사나이 님께서 저랑 친한 형을 떨어트렸거든요. 복수하러 나왔습니다.]

[혹시 무해한전해질이요?]

[네.]

[그거 이이온 씨잖아요.]

[그쵸?]

[그럼 한시온 씨세요?]

[……아뇨? 이온 형과 친한 사람이 꼭 저밖에 없는 건 아니잖아요?]

[저밖에요?]

[……한시온 씨밖에.]

-ㅋㅋㅋ아니 뭔 컨셉인데ㅋㅋ

-ㅋㅋㅋㅋㅋ사오이 때부터 느꼈는데 힙시온 은근히 개그 욕심이 좀 있는 듯ㅋㅋㅋㅋ

-아니 이렇게 대놓고 누군지 밝히고 들어가는 거 첨 봄. 신선하긴 하다잉.

보통은 여기서 끝날 인터뷰지만, MC는 고단수였다.

편집이 될 수도 있겠지만, 좀 더 멘트를 이어 가는 게 재밌을 수도 있다고 판단한 것이었다.

결과적으로는 편집도 안 됐고.

[한시온 씨가 아닌데 왜 사오이라는 닉네임을 쓰셨어요?]
[……그렇게까지 물어볼 거라는 이야기는 사전에 없었는데요.]
[아니, 아니라고 하시니까.]
[사오이가 아니라 사오이십이라고 적었는데 오타가 났나 봅니다.]
[그게 대체 뭔 소리입니까?]
[그러게요.]

결과적으로는 나이에 어울리는(세상 사람들은 모르지만) 늙은 드립과 함께 인터뷰가 마무리가 되었다.

대중들의 반응은 뜨거웠다.

-힙시온이 이렇게 귀캐인줄 몰랐는데???
-왜 귀엽냐ㅋㅋㅋㅋㅋㅋㅋ
-ㅋㅋㅋㅋ생각해 보면 이제 고작 스물한 살이라고.
-힙시온은 아가야.

―응애시온ㅋㅋㅋㅋㅋ

물론 본돌사가 귀엽기만 한 것은 아니었다.

2차전에서는 강적인 '김수령'을 만났다.

김수령은 대선배급으로 분류되는 여성 보컬이었는데, 대중성은 좀 떨어져도 실력 하나는 대단한 보컬리스트였다.

하지만 김수령의 정체가 공개됐다는 건, 이번에도 본돌사가 이겼다는 것이었다.

이번 무대는 더 놀라웠다.

대한민국의 록의 첫 번째 부흥기를 이끌었던 밴드 〈산울림〉이 1983년에 발표한 〈웃는 모습으로 간직하고 싶어〉를 편곡해서 불렀는데, 원곡의 쨍한 느낌을 완전히 지워 버렸다.

블루지한 이모 감성으로 바꿔서 부른 록은 얼터너티브 같기도 했고, 브릿팝 같기도 했고, 케이팝 같기도 했다.

하지만 장르는 아무 상관 없었다.

곡이 너무 좋았으니까.

이어진 인터뷰는 더욱 재밌었다.

[한시온 씨?]
[…….]

[아, 죄송합니다. 본업으로돌아온한시온 씨?]
[네.]
[네?]
[네……?]

엠씨는 작정을 했는지 한시온에게 질문을 던졌고, 한시온은 어딘지 떨떠름한 느낌으로 대답했다.

사실 냉정하게 따져서 한시온이 정체를 밝히고 나온 것은 마싱의 취지와 맞지 않는 것이었다.

마싱은 얼굴을 가리고 실력으로만 평가받는 시스템인데, 한시온은 자신의 정체를 밝힌 셈이니까.

게다가 한시온은 정체가 밝혀지면 플러스 효과가 생길 이미지를 가지고 있었다.

음악 천재.

그것도, 진짜 음악 천재.

그러니 심사위원단도 은근히 한시온의 무대에 가점을 줄 수도 있는 것이었다.

하지만 그렇다고 해서 크게 문제가 되진 않았다.

마싱은 팬덤의 힘이 붙는 투표 시스템이 아니었고, 생각보다 더 쉽게 정체가 밝혀지곤 했다.

당장 〈구한말사나이〉만 하더라도, 이이온과의 연장전에서 자신의 콘서트 단골 곡을 부르지 않았던가.

그러니 몇몇 불편러들이 말을 보태긴 했지만, 호응이 될 정도는 아니었다.

오히려 시청자들이 집중한 건 다른 부분이었다.

-아 ㅅㅂ 엄청 재미있게 보다가 깨달았다. 한시온 무대는 이게 끝이잖아.
-ㅇㅇ 다음 주로 넘어가야함…
-하, 옛날처럼 3시간 포맷으로 한 방에 다 보여 주면 좋겠다.
-근데 그건 명절 파일럿 프로그램에서 인기가 너무 좋아서 연장된 거라서 그랬던 거임ㅋㅋㅋ
-사실 공중파 황금 타임을 3시간씩 처먹긴 쉽지 않지.
-암튼 그럼 담주에 박창현이랑 한시온이랑 붙는 거네?
-ㅇㅇ 이이온의 복수 vs 박창현의 명줄이 걸려 있을 듯.
-ㅋㅋㅋㅋ아 뭔 소리야. 본돌사는 한시온이 아니라고.
-그래. 지가 아니라잖아.
-아무튼 아님.

잠시 뒤, 한 팀의 대진이 더 이어지고 프로그램이 막을 내렸다.

* * *

본업으로 돌아온 사오이.

줄여서 본돌사.

그 정체는 모두가 다 아는 한시온.

이 같은 요소는 꽤 크게 퍼져 나갔고, 시청자들은 즐거워했다.

또한 박창현과 한시온이 붙이면 어떻게 될지를 추측하는 이들도 많았다.

일각에서는 마싱의 연출자가 세달백일의 약점을 잡은 게 아니냐는 말도 나왔다.

현재 활동이 가능한 모든 멤버가 하나의 프로그램에 출연하는 게 신기했기 때문이었다.

하지만 이 말이 커지면 커질수록 세달백일의 특별함에 대한 말도 커졌다.

-아니, 애당초 그룹의 모든 멤버가 명줄을 노릴 레벨이라는 게 말도 안 되는 거임;

-ㅇㅇㅇ 따지고 보면 최재성도 스넘제 우승자 출신이고.

-여기서 유우머 포인트는 그런 애들이 한 팀으로 모여 출연한 커밍업넥스트에서는 졌다는 거임ㅋㅋㅋㅋㅋㅋ

-테이크씬ㅋㅋㅋㅋㅋ

-거 테이크씬 누구 탈퇴했던데.

-ㅇㅇㅇㅇ 그랬다더라.

한편으로 엔터테인먼트 업계에서는 한시온이 정말 똑똑하다는 이야기도 나왔다.

대중들은 똑같은 포맷을 식상해하면서도, 한편으로는 비슷한 걸 좋아하는 이중성도 있다.

한시온은 그걸 제대로 파고들었다.

쇼미에 우승한 한시온이 또다시 정체불명의 실력자가 돼서 마싱에 나가는 건 자극성이 떨어진다.

얼굴을 공개했을 때 화제성도 떨어지고.

하지만 쇼미에 출연한 한시온이 또 얼굴을 가리고 마싱에 나간다면?

근데 그게 초장부터 정체가 밝혀진다면?

이건 비슷한 듯 다른 포맷이 되는 것이었다.

그렇게 다시 일주일이라는 시간이 흘렀고, 박창현의 진짜 명졸전이 방송될 프로그램이 시작되었다.

프로그램의 진행은 너무나 당연하다는 듯, 본돌사의 학살 쇼였다.

박창현의 명졸을 막기 위해 구성된 탄탄한 4주 차 라인업이었음에도 그랬다.

결과적으로 복면왕은 본돌사가 차지했다.
이 말은 곧, 박창현 VS 한시온의 라인업이 성사되었다는 것이었다.

[본업으로돌아온사오이 님, 지금 기분이 어떠십니까?]
[이온 형의 복수를 해내고야 말겠다는 의지로 가득 차 있습니다.]
[아, 역시 끈끈한 세달백일.]
[…….]
[아닙니까?]
[아닙니다.]
[세달백일 바보들, 한번 해 보시겠습니까?]
[한 명 뺀 세달백일 바보들.]

잠깐의 인터뷰 뒤로, 〈구한말사나이〉의 명예 졸업을 건, 본돌사의 무대가 시작되었다.

　　　　　　　　＊　＊　＊

도주박은 대한민국 3대 보컬로 함께 묶이지만, 음악을 대하는 개개인의 성향은 달랐다.
도재욱은 유행하는 사운드나 장르를 부지런히 차용하

는 편이었고, 주성한은 그러고 싶은 마음은 있으나 본인의 음악적 강박증 때문에 실패하는 편이었다.

그리고 박창현은 거부하는 타입이었다.

그가 고지식하고 꽉 막혀서 그런 건 아니었다.

그저 이미 잘하고, 잘하려고 평생 노력한 걸 바꿔야 할 이유를 못 느꼈던 것이었다.

요즘 뮤지션들?

잘한다.

특정 소리를 내거나, 특정 분위기를 내는 것에 있어서는 기성 뮤지션들과 비교도 안 되게 잘하는 지점도 많다.

하지만 박창현은 그게 취향 차이라고 생각했다.

음악의 신이 시대를 뛰어넘는 불멸의 객관적인 점수를 매겨 준다면, 분명 자신의 점수가 더 높을 거라고 생각했다.

물론 이런 생각을 입 밖으로 내 본 적은 거의 없었다.

박창현은 후배들의 존경을 두루두루 받는 편이었는데, 그건 그가 배려심이 뛰어나기 때문이었다.

그런 의미에서 세달백일에 대한 평가는 '요즘 시대에 잘하는 뮤지션'이었다.

그리고 이 같은 박창현의 평가는 틀린 게 아니었다.

세달백일이란 이름으로 발매된 앨범들은 그 평가가 꽤 적절한 것이었으니까.

그러니 박창현은 한시온도 비슷한 부류일 거라고 생각했다.

다만 작곡적인 능력치가 어마어마하게 높고, 베리에이션이 넓은 후배라고 생각했다.

이것저것 다 잘하는 가수.

그러니 힙합 경연 프로그램에서도 우승한 게 아니겠는가?

하지만 〈본업으로돌아온사오이〉라는 닉네임으로 만나는 순간, 자신이 아주 큰 착각을 하고 있음을 깨달았다.

'어떻게 저런 깊이를 가지고 있지?'

도무지 20대가 가지고 있을 수 있는 깊이가 아니다.

1차 무대를 보며 이런 생각을 했다.

그리고 2차 무대를 보며 생각이 바뀌었다.

이 친구는 단지 깊이가 있는 게 아니라, 본질을 알고 있다.

특정 음악이 가지고 있는 본질을 해체 분석한 다음에, 중요한 건 살리고 중요하지 않은 건 버릴 수 있다.

그 버린 공간에는 '요즘 감성'을 끼워 넣는 거고.

하지만 이번 주차의 복면왕을 뽑는 본돌사의 3차 무대를 보고는 또 생각이 더해졌다.

아무래도 요즘 시대의 음악을 잘하는 게 아닌 것 같다.

시대를 타지 않는 음악을 잘하는 것 같다.

물론 박창현도 시대를 타지 않는 명곡을 발매해 봤다.

하지만 그건 의도한다고 되는 게 아니다.

우연히 되는 거다.

가수가 '뭔가 심심하지 않아?'라는 걱정을 가지고 발매한 음악이 그 심심함 때문에 대박이 나는 거다.

오아시스로 대표되는 브릿팝의 경쾌함이 무너진 건, 영국인들이 사랑했던 다이애나비의 충격적인 교통사고 때문이었다.

그즈음 발매된 밴드 〈The Verve〉의 우울한 슈게이즈 앨범이 인기를 얻었던 것도 이런 시대상 때문이었고.

이런 건 예상할 수도 없고, 예측할 수도 없는 거다.

그저 꾸준히 노력하다 보면 운 좋게 한 번쯤 닿을 수 있는 거고.

하지만 한시온의 무대는 그렇지 않았다.

그는 당연하다는 듯 압도적인 무대를 선보였다.

그 순간, 박창현은 지금은 스튜디오를 운영하는 이현석의 이야기가 떠올랐다.

"형님, 시온이는 제가 본 최고의 재능입니다. 그 누구도 비교가 안 돼요. 걔는 한국 음악사를 바꿀 겁니다."

술자리에서 들었을 때는 그러려니 했다.

이현석이 한시온의 시작을 도와줬다는 이야기를 알고 있었으니까.

은퇴한 뮤지션들 중에는 '내가 누굴 발굴했다'는 업적에 취하곤 하는데, 이현석도 그런 건 줄 알았다.

내가 발굴한 보석이 더 가치 있을수록 내 안목도 빛이 나는 거니까.

하지만.

'그게 아니었군……'

박창현은 자신의 명예 졸업을 막기 위해 노래를 부르는 한시온을 보며 패배감을 느꼈다.

저건 못 이긴다.

이길 자신이 없다.

하지만 그럼에도 불구하고 그는 베테랑이다.

베테랑은 베테랑답게 패배하는 법도 알고 있었다.

그렇게 한시온의 무대가 끝이 나고, 박창현의 차례가 다가왔다.

박창현은 가벼운 마음으로 노래를 불렀다.

저 정도 음악가와 저 정도 무대에는 패배하는 게 당연하다는 생각을 하면서.

한데, 놀랍도록 노래가 잘됐다.

언제였더라.

스물다섯인가.

군대를 갓 제대한 빡빡이 시절에 우연히 모 방송국의 가요제에서 노래를 부를 기회가 있었다.

갑작스런 땜빵으로 들어간 거라서 아무도 자신에게 기대감을 보이지 않았고, 박창현 스스로도 크게 기대하지 않았다.

당시에는 가수를 할지 결정을 내리지 못한 상태였기 때문이었다.

한데, 그날 말도 안 되게 노래가 잘됐다.

그 모습을 본 여러 소속사에서 러브콜이 왔고, 결국 여기까지 오게 된 것이었다.

그 날의 노래를 재현하기 위해 많은 노력을 했지만, 썩 만족스러웠던 적은 없는데…….

그게 오늘이었다.

박창현은 신이라도 들린 것처럼 노래를 불렀고, 한 호흡, 한 소절도 마음에 들지 않는 구간이 없었다.

그렇게 무대가 끝나는 순간, 방청객들의 열광스러운 박수가 쏟아졌다.

연예인 패널들도 마찬가지였다.

'이길 수 있나?'

순간적으로 어마어마한 집중을 했더니, 정상적인 사고가 잘 안 된다.

한시온의 무대가 어땠더라?

분명 말도 안 되게 훌륭했지만, 이 정도라면 이길 수 있을 것 같다.
그렇게 결과가 발표되었다.
"77대 23으로……."
"승자는 본업으로돌아온사오이!"
한시온의 압승이었다.

* * *

[〈구한말사나이〉의 정체는 대한민국 3대 보컬 박창현!]
[마스크드 싱어 명예 졸업에 아깝게 실패한 박창현.]
[박창현의 명예 졸업을 저지한 〈본업으로돌아온사오이〉의 정체는?]

수많은 기사가 쏟아졌고, 네티즌들의 반응은 대동소이했다.

-하… 창현이 형 1n년차 팬인데, 이건 어쩔 수가 없네.
-자연재해 앞에서는 영웅도 무력하더라;
-힙시온 미친놈ㅋㅋㅋㅋ
-진짜 창현이 형 보면서 그 말이 절로 떠오르더라. 한

시온이 없던 시대에 인기를 얻었던 범부여...
 -신은 왜 도주박을 낳고, 한시온을 낳았단 말이냐.
 -이런 댓글을 커밍업넥스트 방영 당시 달았으면 욕만 뒤지게 먹었을 텐데...
 -진심ㅋㅋㅋㅋㅋㅋㅋ

 박창현의 무대는 네티즌들이 보기에도 어마어마했다.
 박창현의 오랜 팬들조차 이번 무대가 박창현 인생 최고의 무대라고 평가할 정도로.
 하지만 한시온은 담담히 압도했다.
 조금 웃긴 건, 박창현의 무대를 보고 입을 헤 벌리던 사람들도 막상 명졸은 실패했다고 생각했다.
 이유를 말로 표현하기가 참 힘들었다.
 분명 박창현의 무대는 굉장했고, 어떤 면에서는 임팩트도 더 높았다.
 뭐가 더 기억에 남냐고 하면 박창현의 무대라고 하는 사람도 있을 것이었다.
 하지만 그들에게 투표권이 있었다면 한시온에게 줬을 것이었다.
 그냥, 그게 당연해 보였다.

 -약간 그런 거 같았음. 이번 시즌 폼 최절정이라서

100골 꽂아 넣은 K리그 득점왕이랑 경쟁하는.
-100골? 메시도 K리그 오면 100골은 못 넣지 않을까?
-개소리 하네. 마음만 먹으면 200골도 넣을 듯;
-야 한 시즌에 38경기밖에 안 되는데 200골을 어케 넣냐.
-5골씩 넣으면 되지.

이상한 포인트로 싸우는 건 네티즌들의 특징이었지만, 그래도 화제가 전환되진 않았다.
화제는 늘 똑같았다.
박창현은 어마어마했고, 한시온은 당연했다.

-난 이제 모르겠다. 세달백일이 대체 뭐 하는 그룹인지.
-그러니까ㅋㅋㅋ 한시온 명졸은 백퍼 같으니까, 명졸자가 3명인데?
-솔직히 명졸전 없이 계속 부르면 계속 우승할 것 같다.
-218주 연속 우승, 본돌사.
-죽어야 끝나는 우승ㅋㅋㅋㅋ
-그쯤 되면 〈더 마스크드 싱어 : 한시온〉일 듯.
-ㅋㅋㅋㅋㅋㅋㅋ

네티즌들의 반응처럼, 그리고 예언처럼 한시온은 다음 회차에도 당연하다는 듯 우승을 차지했다.

그리고 또 다음 회차에도 당연하다는 듯 우승을 차지했고.

경쟁 자체가 안 됐다.

이쯤 되자 사람들이 기대하는 건 한시온이 어떤 노래를 부를지였다.

재미있게도 한시온은 지금까지 70-90년대의 가요만 부르고 있었다.

유명한 곡을 부를 때도 있었고, 유명하지 않은 곡을 부를 때도 있었다.

하지만 결과적으로는 무조건 음원 차트 1위였다.

어처구니없게도 이게 대한민국 전체 예능 판에 영향을 끼쳤다.

한시온이 리메이크한 곡의 원곡자들이 예능에 나와서 활약을 하더니, 복고가 잘 먹히는 컨셉이 되어 버린 것이었다.

들리는 소문에 따르면 어떤 소속사에서는 한시온에게 거액을 주며 리메이크를 부탁하기도 했다고 했다.

지라시이긴 하지만, 꽤 그럴 듯한 이야기기도 했다.

그리고 이런 분위기에 정말 잘 먹힐 예능이 있었다.

〈역전세계〉.

복고 중의 복고라고 불릴 노년의 배우들이 대거 출연한 예능.

세달백일과 엠쇼가 손을 잡고 런칭하는 프로그램이었다.

이미 포맷 예고는 몇 번 있었지만, 타이밍을 맞춰서 본방 예고가 시작되었다.

예고편은 잘 빠진 한 편의 신파였다.

올드 배우들의 인생의 하이라이트를 보여 주더니, 천천히 몰락하는 모습을 보여 주었다.

사실 몰락이라고 표현하긴 힘들지도 몰랐다.

누구나 인생의 피크를 찍으면 내려오기 마련이고, 나이가 들면 활동이 줄어들기 마련이니까.

하지만 예능적 편집이 잔뜩 들어갔기에 그들의 인생이 무너진 것처럼 보였다.

그렇다고 우울하고 절망적인 감성은 아니었다.

[팽팽해진 줄도 언젠간 느슨해지기 마련 아닐까요?]

그저 담담했다.

그리고 이런 이들이 모여서 좌충우돌 하나의 앨범을 만드는 모습.

이 예고 덕분에 시청자들이 제법 큰 관심을 보이기 시

작했다.

　-아니 한시온은 대체 어디까지 본 거임;
　-왜 계속 옛날 노래만 부르나 했더니 자체 제작 예능 홍보였던 거임.
　-이제 힙함을 넘어서 유행을 마음대로 창조하네ㅋㅋㅋㅋㅋ
　-유행창조자;
　-그만 힙해 힙시온!

* * *

좀 이상하다.
내가 이상하다고 여기는 건 별게 아니다.
그냥, 노래를 더 잘하게 된 것 같다.
물론 나도 사람인지라 마음에 드는 무대가 있고, 마음에 들지 않았던 무대가 있다.
그리고 나 정도 수준의 뮤지션이 되면 '마음에 들지 않았다'는 건, 정말로 뭔가 아쉬웠다는 소리다.
한데 쇼미의 결승 무대에서부터 마싱의 무대로 이어지는 느낌이 평소와 다르다.
꼭, 리얼리티가 사라진 것 같다.

본래 나에게 무대란 유일한 리얼리티였다.

현실임을 인지할 수 없는 무한한 회귀 속에서 현실성을 주는 단 하나의 안도감.

그게 무대였다.

한데 최근 무대에서 느낀 바는 리얼리즘보다는 판타즘에 가까웠다.

마치, 어린 시절 그랬던 것처럼.

무대가 주는 고양감이 날 흥분시키고, 거기에 매몰되어 잠시 다른 세계에 다녀온 것 같다.

그리고 이건 나 혼자서만 느낀 건 아닌 것 같았다.

"형, 요즘 날아다니던데요?"

"너도 좀 날아다녀 봐."

"에이……."

그렇게 말한 최재성이 어깨를 으쓱하며 노트를 내밀었다.

직접 쓴 랩 가사였다.

그랬다.

며칠 전부터 최재성의 트레이닝이 시작되었다.

하지만 뻔한 형식의 트레이닝은 아니었다.

난 랩을 잘하지만, 그것은 재능으로 이루어진 건 아니다.

노래나 기타는 분명 내가 재능을 가진 분야였다.

하지만 랩은 정말 세월과 노하우로 한 땀 한 땀 쌓아

올린 탑이었다.

그러니, 본질적인 랩에 대한 재능은 최재성이 나보다 뛰어날 수밖에 없었다.

그는 AMA의 프레쉬맨 싸이퍼에 나섰던 몸이니까.

그래서 난 최재성에게 아무런 길도 제시하지 않았다.

그냥 좋고 나쁨만 평가하고 있었다.

좋으면 좋다, 나쁘면 나쁘다.

한데, 좀 애매하다.

기술적으로는 쑥쑥 크는데, 랩이 주는 바이브가 별로다.

처음엔 단지 낯설어서일 줄 알았는데, 그게 아니라는 걸 어제 써 온 가사를 보며 알았다.

최재성은 거짓말을 하고 있었다.

거짓말이라는 게, 사실은 별게 아니다.

친구가 큰 성공을 거뒀을 때.

친구의 성공을 축하해 주는 마음이 있다고 하더라도, 한편으로는 질투하는 마음도 있을 수 있다.

마음은 빵이 아니기 때문에, 이런 걸 정확한 퍼센티지로 나누는 건 불가능하다.

어떤 순간에는 축하가 더 크고, 어떤 순간에는 질투가 더 클 테니까.

그럼에도 불구하고 만약 '전적으로 네 성공을 축하해'라고 쓰면, 그건 거짓이다.

진실을 담긴 했지만, 온전한 진실이 아니니까.

내 이야기를 가만히 듣고 있던 최재성이 한동안 침묵하다가 반문했다.

"하지만 형, 우리는 상업 음악을 하잖아요?"

"그렇지."

"대중들이 좋아하는 분위기, 스토리 안에서의 화자를 위한 가사를 쓸 건데, 그게 반드시 필요한가요?"

"응."

"왜요?"

"아이돌 음악의 사랑 노래에는 그럴듯한 거짓만 담겨야 해?"

진짜를 할 줄 알아야지, 가짜도 진짜처럼 할 수 있다.

게다가 꼭 내 이야기가 아니라고 가짜라는 법은 없다.

고등학생의 사랑 이야기를 노래를 30살 가수가 부르면 전부 거짓일까?

아니다.

그 시점의 진심을 담을 수만 있다면 그것도 진실이다.

개인적으로, 한국 아이돌 래퍼들의 수준은 낮지 않다고 생각한다.

하지만 가사의 수준이 너무 낮다.

이게 어디서부터 시작된 개념인진 모르겠는데, 이지 리스닝을 위해서는 이지 라이팅이 필요하다는 고정 관념이 박혀 있다.

이지 리스닝은 그런 게 아니다.

팝송의 노래 가사를 이해하지 못하더라도, 이지 리스닝을 느낄 수 있다.

랩도 마찬가지다.

쉽고, 시원하게 들리지만, 막상 곱씹어 보면 깊이가 있는 가사들이 있다.

비기, 칸예 웨스트, 제이지처럼.

난 내가 해 주고 싶은 말을 최재성에게 천천히 풀어서 이야기를 해 줬다.

이런 건 강요하면 쓸모가 없다.

본인이 느껴야 한다.

"난 네가 '최재성이 노래를 못하게 되니 그럭저럭 괜찮은 랩으로 돌아왔다'는 평가를 듣길 원하지 않아."

"그럼요?"

"사람들이 대체 왜 이제야 랩을 시작했냐고 소리를 지르면 좋겠어."

"……제가 뭘 해야 할까요?"

"최재성."

"네."

"아주 솔직하게 말하면, 지금 네가 부르는 노래가 우리 앨범에 수록될 수도 있어. 엄밀히 따지면 노래 실력이 줄

어든 건 아니잖아. 소리가 안 좋아졌을 뿐이지."

그러니 이온 형이 했던 것과 비슷한 방식으로 노력한다면, 보컬 최재성이 세달백일에 합류하는 것도 불가능은 아니다.

그러나 최재성과 이이온은 본질적인 차이가 있다.

이이온은 까끌한 음색이다.

팀적인 케미스트리를 내기엔 최악이었지만, 처음 이이온을 보고 생각했던 것처럼 '본인이 주인공이 되는' 노래라면 괜찮았다.

그에 반해 최재성은 후천적 사고에 의한 손상, 혹은 결핍이다.

의사는 시간이 흐르면 원래대로 돌아올 가능성도 이야기했지만, 악마가 단언했다.

그럴 수 없다고.

"넌 계속 뒤처질 거야. 내가 생각하는 세달백일은 한국에서 끝나는 팀이 아니거든."

게다가 애초에 최재성의 그룹 내 역할은 연골이었다.

인트로의 구태환.

트랙잭션의 이이온.

고음의 온새미로.

표현의 하이라이트를 맡은 나.

각자 무기를 가진 이들을 하나로 묶어 주고, 융합시키

는 데 최재성이 큰 도움이 됐었다.

그러나 지금의 상태로 최재성이 합류한다면 그는 연골이 아니다.

튀어나온 못이다.

내가 정말 싫어하는 일이지만, 최재성을 위해서라면 후보정을 할 수도 있다.

기계로 만지고, AR을 잔뜩 깔고.

하지만 그렇게 되면 사람들은 말할 거다.

세달백일의 유일한 옥의 티는 최재성이라고.

그럼 최재성은 행복하지 않을 거다.

모두가 노래를 하는 목표가 다른데, 최재성은 나도 사랑받을 수 있다는 것을 증명하는 게 목표니까.

하지만 래퍼 최재성은 다르다.

빈말이 아니라, 세달백일에는 래퍼가 필요한 순간들이 좀 있었다.

개인적으로 케이팝에서는 드롭 아웃이 가장 쓸 만한 팀이라고 생각한다.

한데, 드롭 아웃은 보컬 라인보다 랩 라인이 더 강하다.

리더인 시도가 랩의 맛을 살릴 줄 알기 때문이었다.

드롭 아웃이 그동안 발매한 노래에 랩이 없었다면, 맛이 떨어졌을 것이다.

우리도 그런 노래가 많다.

특히 〈STATE OF MIND〉가 그랬고.

이런 이야기를 천천히 풀어 주면서 확신을 담아서 말했다.

"쇼미 우승자로서 말하는데, 넌 진짜로 랩에 재능이 있어. 사실 이미 기술적인 부분의 발전이 눈부시다고 생각하고 있으니까."

"……형, 진짜 많이 변했네요."

"인정하니까. 커밍업 넥스트 때 내가 세달백일을 대충대했던 건, 인정하지 않았기 때문이야."

그들이 얼마나 노력할 수 있는지, 얼마나 안주하지 않는 향상심을 가졌는지 몰랐으니까.

포텐이 그리 높지 않은 이들이 어빌리티만으로 어디까지 도달할지 상상도 못했으니까.

"다시 물을게요. 제가 뭘 하면 되나요?"

"다쳤잖아. 억울하게."

"네."

"노래를 못하게 됐잖아."

"네."

"그걸 가사로 써 봐. 난 네가 쓴 가사를 보기만 할게. 어떤 피드백도 하지 않을 거고, 어떤 감상평도 내뱉지 않을게. 우리 둘만 보고 세상에서 없애 버리자."

"……네."

"진심이라는 마음은 사실 인간을 구성하지 않아. 내가 순간적인 진심으로 최재성을 세달백일에서 빼 버릴까라고 생각할 순 있어. 하지만 돌이켜 보니 그러고 싶지 않아. 그럼 내 진심은 뭐야?"

"……모르겠어요."

"그래. 모르는 게 답이야. 다만 그 모르는 것들 속에서 필요한 이야기를 꺼내 쓸 수 있을 때, 그리고 거기에 진심을 담을 때 예술이 되는 거야."

이건 회귀자로서의 마음가짐이기도 하다.

난 똑같은 상황에도 수십, 수백 번 다른 마음을 품는 사람이다.

회귀가 날 그렇게 만들었다.

그러니 날 정의할 수 있는 건 예술밖에 없다.

적어도 노래로 만들었다면, 그 순간은 그 마음을 담아서 노래를 했을 거니까.

그걸 최재성에게 알려 주고 싶었다.

그리고 알을 깨길 바랐다.

* * *

최재성이 한시온에게 가사를 가져온 건 이틀 뒤였다.

최재성은 이틀 내내 가사를 썼지만, 실제로 글을 적은

시간은 1시간도 되지 않았다.

진심을 담는 데는 그리 긴 시간이 필요하지 않았다.

진심을 담기 위해 각오를 하는 데 시간이 필요했다.

공책에 적힌 내용은 완전한 형태의 가사는 아니었다.

산문처럼 적혀 있는 문장 아래에, 라임을 맞춘 랩 가사들이 추가로 적혀 있는 형식이었다.

어떤 문장들은 도저히 랩 형식으로 바꿀 수 없었는지, 산문 형태 그대로만 있었다.

한시온은 그걸 가만히 읽었다.

아무런 말도 하지 않았다.

그저 읽을 뿐이었다.

……새미로 형의 멱살을 잡고 소리를 지르고 싶었다.

당신 때문에 왜 내가 아파야 하냐고.

부모에게 고통을 받은 건, 너나 나나 똑같은데, 왜 고통의 결과는 둘 다 나에게 왔냐고.

하지만 차마 말이 입에서 나오지 않았다.

새미로 형의 눈에 담겨 있는 죄책감은 내가 느낀 절망감보다 작지 않았으니까.

한시온은 가사를 전부 읽고 나서 Self-portrait라는 제목을 떠올렸다.

편하게 번역하자면 '자화상'이다.

하지만 Portrait는 끄집어내다라는 뜻의 라틴어에서 유래한 말이다.

그래서 한시온은 약속을 어기기로 했다.

"공개…… 해 볼래?"

본래는 가사를 듣고 아무 말도 하지 않을 것이며, 세상에서 지우기로 약속했음에도 그런 충동이 들었다.

최재성은 별다른 말을 하지 않았다.

"진심처럼 여겨져요?"

"어, 완전히."

"새미로 형의 후렴을 받아서 공개해 볼까요."

"이게 네가 래퍼로서 내는 첫 번째 작업물이 될 거야."

아이돌 그룹의 멤버가 공개하는 곡으로 적절하지 않을 수도 있다.

최재성의 진심에는 온새미로와 온새미로의 부모를 탓하는 내용이 꽤 많았으니까.

하지만 그게 끝은 아니다.

그럼에도 불구하고 온새미로를 용서하는 마음과 온새미로가 고통받지 않기를 바라는 마음이 있었다.

영원히 세달백일로 활동하고 싶고, 그걸 위해서 랩을 잘하게 되고 싶은 마음이 있었다.

그리고 그건 진심이었다.

어쩌면 이런 진심을 온새미로가 아는 게 두 사람의 관계에 더 도움이 될 수 있었고.

최재성은 한시온이 지은 제목을 마음에 들어 했다.

두 사람은 이 곡을 랩으로 만들기 시작했다.

그동안은 최재성의 랩 연습에 크게 개입하지 않았으나, 이번엔 달랐다.

진심을 내는 법을 알려 줄 순 없으나, 진심을 낼 때 어떤 표현이 더 좋은지는 알려 줄 수 있었으니까.

그렇게 딱 1주 만에 곡이 완성되었다.

"형, 이거 어때요?"

"뭐가?"

"랩의 수준이요. 모르는 사람이 발매한 노래고, 우연히 음원 사이트에서 들었다면. 그러면 몇 점을 줄 거 같아요?"

"프로듀서의 감각으로 기술적인 점수를 매기자면 50점? 그 정도 줄 거 같은데?"

"프로듀서의 감각이 아니면요?"

"랩이 재밌는 건, 기술적인 영역이 크게 중요하지 않을 때도 있다는 거야."

치프 키프나 릴펌은 기술적인 랩을 못하기로 유명하지만, 그럼에도 불구하고 어마어마한 성공을 거뒀다.

노래와 다르게 랩은 제대로 형성된 바이브만 있다면 기술은 크게 중요하지 않을 수도 있었다.

그러니까 리스너로서 점수를 줬다면…….

"100점 줬을 거 같은데? 듣자마자 너무 진심이라서. 이건 이 세상에서 최재성이란 사람 아니면 못 만드는 곡이니까."

최재성의 입이 떡 벌어졌다.

한시온은 빈말로라도 이런 말을 하는 사람이 아니니까.

어이없게도 최재성이 자신의 재능을 제대로 확신한 순간은 이때였다.

그날 저녁.

최재성은 온새미로를 불러서 곡과 가사를 전달해 줬다.

온새미로는 이 곡의 후렴을 부르기로 했고, 가사를 통해 마음의 짐을 덜었다.

눈물을 조금 흘리긴 했지만.

곡을 정식으로 녹음하는 건 1달 뒤로 미뤄졌다.

아직 최재성은 기술적으로, 그리고 랩 발성적으로 다듬어야 할 요소들이 많았으니까.

하지만 한시온은 더는 최재성을 걱정할 필요가 없다고 생각했다.

* * *

파일럿 예능들은 대부분 길어야 12화기 때문에, 처음

부터 끝까지 찍은 뒤 방영되는 경우가 많았다.

하지만 〈역전세계〉는 아니었다.

역전세계의 엔딩은 정해져 있다.

단장 역할을 하는 주성한을 제외하면 시니어 배우들로 모인 이들이 뮤직 비디오와 음원을 발매하면서 끝나는.

그러니 프로그램의 종영과 실제 촬영의 종영을 엇비슷하게 맞추는 것이었다.

물론 피디가 원한다면 촬영을 다 끝내 놓고, 프로그램의 방영 일자에 맞춰서 음원을 발매할 수도 있긴 하다.

하지만 강석우 피디는 한시온이란 사람에 대해서 익숙해졌다.

한시온은 얼핏 보면 매스 미디어 촬영에 협조적인 것처럼 보이지만, 꼭 그런 건 아니다.

그의 재능은 남들이 보지 못하는 것을 보기 때문에, 특출 난 결과를 만들어 낼 B안이 보인다면 참지 못한다.

그렇기에 강석우 피디는 일부러 촬영과 방송의 타임라인을 비슷하게 맞춘 것이었다.

한시온이 무슨 돌발 계획을 세우면, 수용할 수 있도록.

이 생각은 굉장히 성공적이었다.

덕분에 GOTM 멤버들도 예능에 조금 출연했으니까.

심지어 잘하면 밴드 GOTM이 반주를 연주할 수도 있을 것 같았다.

이런 과정 속에서 게스트로 섭외된 출연진들의 출연 일정이 조금 조정되었다.

누군가는 출연이 앞당겨졌고, 누군가는 뒤로 밀려났다.

개중 테이크씬의 주연은 후자였다.

그는 본래 3주 전에 촬영을 했어야 하는데, 이제야 촬영을 시작했다.

주연이 알기로 그 사이 분량은 GOTM과 한시온의 쇼미 우승 이야기가 들어간 걸로 안다.

그러니 불만은 없었다.

다만 궁금한 점은…….

'한시온이 왜 나를 불렀을까.'

이거였다.

주연이 섭외된 것은 시간이 좀 흐른 일이긴 했다.

하지만 주연은 줄곧 이 의문을 품고 있었다.

한시온이 대체 왜 날 섭외했을까.

소속사에 물어봐도 이유는 알 수 없었다.

다만 전반적으로 화해의 시그널이라는 말이 많았다.

테이크씬의 페이드가 팀에서 탈퇴를 하면서 더는 한시온이 테이크씬과 척을 질 이유가 없어졌다면서.

물론 이 말도 일리는 있긴 했다.

원래 조직과 조직의 관계라는 게 관성이 꽤 크다.

어떤 조직이 어떤 조직을 싫어한 역사가 길어지면, 싫

어할 이유가 없어졌음에도 계속 싫어한다.

한시온이 이 고리를 끊고 싶었다면 주연을 섭외한 게 꽤 말이 된다.

페이드의 탈퇴를 끝으로 상황이 종료되어 버리면, 세달백일과 테이크씬은 좋은 형태의 관성이 남는 셈이니까.

반대로 페이드가 나가고 주연을 섭외하면 '자, 우리 이제 새로운 관계를 형성해 보자'라는 뉘앙스가 남을 수 있다.

이게 라이언 엔터 내부의 중론이었고, 테이크씬 멤버들도 이렇게 생각했다.

하지만 주연은 이게 좀 결과론에 기반한 추측 같다고 생각했다.

일단 섭외가 들어온 시점이 페이드가 탈퇴하기 이전이다.

즉, 페이드가 탈퇴하는 것과 주연이 섭외된 것은 전혀 다른 이유에서일 확률이 높다는 것이었다.

게다가 주연이 알기로 한시온과 갈등을 빚은 건 페이드뿐만이 아니었다.

최대호 대표도 있었다.

'아니, 차라리 그쪽이 갈등이지.'

페이드는 갈등은커녕, 한시온에게 맞기만 하다가 끝난 관계가 아닌가?

최초의 시비는 페이드가 먼저 걸긴 했지만.

게다가 한시온 입장에서 이쯤 되면 굳이 테이크씬과 화해할 필요가 없는 게 아닐까?

세달백일은 이제 테이크씬과 계층이 다르다.

레벨이 다르거나, 수준이 다른 게 아니다.

말 그대로 계급이 달라졌다.

데뷔 1년 8개월 만에 이런 표현을 쓰는 게 좀 웃기긴 한데, 세달백일은 대한민국 가요계 역사에 기록된 가수다.

워낙 빠른 성공을 거뒀기 때문에 오히려 사람들의 인식이 따라오는 게 늦었던 감도 있다.

그러나 이제 모두 안다.

세달백일은 종이 다르다는 걸.

그리고 주연이 생각하기에, 이러한 다름은 한시온이 존재하는 한 영원할 것이었다.

한시온은 진짜 다른 종족이었으니까.

주연이 그런 생각을 하고 있을 때, 메이크업이 끝이 났고, 강석우 피디가 찾아왔다.

"안녕하세요."

"아, 주연 씨 오랜만이에요. 잘 지내셨죠?"

잠깐의 인사 뒤에 강석우가 프로그램의 이런저런 부분을 설명하기 시작했다.

본래 이런 부분을 메인 피디가 전담하는지, 아니면 세

달백일과의 특수한 관계 때문에 특별 대우를 하는지 잘 모르겠다.

하지만 그보다 모르겠는 건, 프로그램이었다.

"정말 그냥 들어가면 돼요?"

"네. 있는 그대로 보여 주시면 됩니다. 롤은 딱 하나예요. 듣고 아쉬운 부분을 가르쳐 주면 됩니다."

대체 뭘 하려는 건지 모르겠다.

방향성 없이 진행되는 리얼리티 프로그램이 없는 건 아니지만, 이건 특정 목표를 향해 달리는 기획 프로그램일 텐데.

주연은 그런 생각을 했지만, 일단은 고개를 끄덕였다.

그렇게 촬영이 시작되었다.

하지만 첫 장면에서부터 주연의 숨이 턱 막혔다.

시상식장 같은 데서 뵀다면 허리가 남아나지 않았을 것 같은 대선배님들이 선생님 대우를 해 줬으니까.

주연은 모르겠지만, 이제는 출연진들도 즐기는 수준이 됐다.

어린 출연진들이 나오면 오히려 더 공손하게 대해서 능글맞게 장난을 치는 게.

이 부분에서 주연이 당황을 느꼈다면, 다음 장면에서는 황당을 느꼈다.

출연진들이 난생처음 들어 보는 어떤 곡을 부르는데,

너무 좋다.

도저히 깔 곳이 없다.

이게 말도 안 되는 게, 가창력 자체가 막 뛰어나고 그런 건 아니었다.

다들 배우 출신이라서 시원시원한 발성이나 전달력이 돋보이긴 했지만, 기술적으로 훌륭하지 않다.

하지만 그럼에도 불구하고 듣는 순간 가슴이 탁 막히는 느낌이 있다.

그 감정이 오롯이 퍼져 나오는데, 숨이 막힐 지경이었다.

그 이유는 금방 알게 되었다.

〈내가 뭘 잘못한 걸까〉.

이게 노래의 제목이었다.

주연보다 훨씬 불합리한 시대에 활동을 했던 선배님들이 가진 유명인으로서의 울분과 슬픔은 담은 곡.

그게 주연의 감정을 꽤 많이 건드렸다.

사실 주연은, 그리고 테이크씬은 억울한 게 정말 많았다.

페이드는 어떤지 모르겠지만, 테이크씬은 세달백일을 싫어하지 않았다.

재능이라는 측면에서는 좋아하고, 존경하는 부분도 있었다.

하지만 그럼에도 불구하고 상황은 테이크썬을 악역으로 만들었고, 세달백일은 성공해 버렸다.

세달백일을 응원한다는 건, 테이크썬을 욕한다는 것과도 같다.

물론 테이크썬이 아니라 최대호 대표나 라이언 엔터를 욕하는 경우도 많았지만, 테이크썬도 한묶음으로 묶일 수밖에 없는 것도 현실이었다.

그래서 차라리 일본으로 건너갈 때는 홀가분했다.

아무도 그들을 세달백일과 묶지 않았으니까.

주연은 어쩌면 그래서 일본에서 성공했을지도 모르겠다고 생각했다.

그곳은 눈치볼 것 없이 자신의 재능을 펼칠 수 있는 다른 세상이었으니까.

여전히 한시온에게 정신적으로 묶여 있었던 페이드를 제외하면.

한데, 그런 감정이 자극되는 것이었다.

주연은 울지 않으려고 했지만, 저도 모르게 울어 버렸고, 노래를 끝낸 선배님들이 위로를 했다.

"많이 힘들었죠?"

"아니, 아닙니다. 제가 힘들 게 뭐가 있나요."

"지금 그 말이 힘들다는 증거예요. 내가 힘든 티를 내면 그것조차 힘든 척이라고 꼬투리를 잡고 싫어할 사람들에게 압박을 느껴서."

"……."

촬영장에 세달백일은 없고, 선배님들만 있기 때문일까.

주연은 저도 모르게 이런저런 말들을 좀 했다.

뒤늦게 하면 안 될 말도 좀 있었다는 생각이 들었지만, 멈춰지진 않았다.

한구석의 이성이 어차피 편집될 거라는 걸 알려 주기도 했다.

이런 장면이 디테일하게 나가면 세달백일도 욕을 먹을 테니까.

세달백일이 만드는 콘텐츠에 어울리지 않는 장면이다.

그렇게 감정적인 해소가 끝나고, 주연의 가르침이 시작되었다.

노래 자체는 주연이 훨씬 잘한다.

그러니 똑같은 소절도 더 좋게 들려줄 수 있었다.

하지만 뭘 가르칠 자신은 없었다.

"솔직히 제가 가르치고 뭘 할 수준은 아니라고 생각합니다. 다들 너무 잘하세요. 듣자마자 숨이 턱 막힐 정도로."

그래서 주연은 참가자들의 모든 파트를 일일이 하나하나 부르는 것밖에 할 게 없었다.

자신이 부른 방식이 마음에 드는 선배님들이 있다면 가

져다 쓰길 바라면서.

주연은 몰랐겠지만, 이건 꽤 좋은 장면이었다.

강석우도, 한시온도 주연을 섭외하면서 이런 장면을 기대하진 않았었으니까.

주연의 진심은 출연자들에게 닿았고, 그들은 꽤 재미있는 촬영을 했다.

그렇게 촬영이 끝났을 때, 강석우 피디가 다가왔다.

"주연 씨, 오늘 너무 좋았어요."

"그, 제가 했던 민감한 이야기들은 좀……."

"아, 걱정 마세요. 포커스가 흐려지면 안 되는 프로그램이니까."

"네. 감사합니다."

"두 가지 이야기가 있는데, 첫 번째로 출연을 이어 가는 건 어때요?"

"네?"

"아니, 출연진분들이 너무 좋아하시더라고요. 일회성 강사로 끝내기에는 좀 아쉽다는 생각이 들어서, 특별 고문으로?"

"어, 저는 좋긴 한데……. 일단 회사랑 이야기를 좀 해 보겠습니다."

"가능하면 회사가 반대해도 한번 해 봐요."

강석우 피디가 지나가는 듯 말했지만, 이상하게도 의미

심장하게 들리는 느낌이 있었다.

"두 번째는, 한시온 씨가 이야기를 좀 하고 싶어 하는데. 조용한 곳에서."

* * *

한시온과 주연의 만남은 연예인이 아닌, 사업가들이 만나는 프라이빗한 곳에서 진행되었다.

별다른 소일거리도 없이 남자 둘이 멀뚱히 앉아 있는 건 할짓이 못됐다.

먼저 입을 연 것은 주연이었다.

"무슨 일로 보자고 한 건가요."

사실 그만큼 자리에 대한 불편함도 있었다.

페이드는 미운 놈이었고, 싫은 놈이었지만, 정이 드는 순간이 없었던 건 아니다.

페이드가 나간 건 팀적으로 잘된 일이다.

하지만 페이드라는 개인의 입장에서 생각하자면 안타까운 일이다.

그걸 종용한 장본인과 이렇게 앉아 있는 게 좀 불편했던 것이었다.

그러나 날아온 대답은 예상 밖이었다.

한시온이 USB를 건넸다.

"이거 부를래요?"

"네?"

"세 곡 들어 있어요. 테이크씬 노래 두 개에 솔로 곡 하나."

"그, 곡을 주려고 보자고 한 건가요?"

"아뇨. 이건 뇌물? 아니면 증명? 같은 거죠."

"무슨 뇌물이요?"

"테이크씬한테는 좀 미안한 게 있어요. 페이드도 싫고, 최대호도 싫지만, 테이크씬은 아니니까. 친해지지 않았을 뿐이지, 미워할 이유는 없잖아요?"

정론이긴 했다.

한시온이 이렇게 나올 줄은 몰랐지만.

"그럼 뇌물보다는 화해의 징표라는 표현이 더 어울리지 않나요?"

"그렇긴 한데, 부탁할 것도 있으니까요."

"말씀하시죠."

주연의 머릿속에 온갖 생각이 맴돌았다.

가장 먼저 든 생각은 내부 자료였다.

최대호 대표의 약점이 될 만한 뭔가를 달라는 게 아닐까?

하지만 이번에도 답변은 상상을 초월했다.

"우리 회사로 오는 거, 어때요?"

"네?"

"SBI 엔터는 이름부터 세달백일 색채가 너무 강해서 브랜드를 하나 더 만들 거예요. 이름은 아직 안 지었는데, 들어오기로 확정된 사람은 셋."

첫 번째는 쇼미의 블스였다.

블루스크린이란 이름으로 한시온과 팀 배틀을 하다가 재능을 개화한 참가자.

주연도 알고 있었다.

두 번째는 권찬슬.

최재성이 우승했던 스테이지 넘버 제로에서 최종 4위를 차지했던 출연자.

그전에는 세달백일이 자컨을 찍을 때 버스킹을 하다가 만난 인연이 있었다.

세 번째는 주성한.

이게 가장 놀라웠다.

주성한이 세달백일의 소속사로 들어간다는 사실 자체가 뭔가 좀 이상했으니까.

"그 외에도 접촉 중인 사람은 있어요. 근데 확정은 아니라서."

주연은 뒤늦게 화들짝 놀랐다.

"그러니까 라이언 엔터에서 세달백일 쪽으로 이적하라고요?"

"네."

"왜요?"

"라이언 엔터를 박살 낼 생각인데, 그러면 테이크씬한테 또 피해가 가니까?"

"라이언 엔터를 박살 낸다고요?"

"네."

"어떻게요?"

"그건 말씀드릴 수 없죠. 아직 한 배를 안 탔는데."

"저희 계약 기간 한참 남았습니다."

"알아요. 5년인가 남았죠?"

"……네."

"위약금 내면 되니까. 그건 우리 쪽에서 부담할 거예요. 테이크씬 이름으로 달아 놓는다든가 그런 양아치짓 없이."

"현실적으로 가능해 보이지 않는데요."

"뭐가요?"

"둘 다요. 라이언 엔터를 박살 낸다든가, 우리가 이적한다든가."

"박살 낸다고 해서 뭐 폐업을 시킨다는 게 아니에요. 그건 불가능하죠. 그냥 퇴물 회사로 만드는 거예요. 더 이상 최대호 대표가 연예계에서 지배적인 영향력을 행사할 수 없게."

대한민국에는 수많은 연예 기획사가 있고, 그 중 대부분은 피디나 방송국의 눈치를 본다.

하지만 드물게 몇몇 회사들은 지배적인 위치에서 영향력을 행사한다.

고위직과 카르텔로 유착되어 있거나, 수많은 톱스타들을 보유했거나.

라이언 엔터가 그런 회사였다.

하지만 한시온은 라이언 엔터가 다시 방송국의 눈치를 보게 만들 생각이었다.

아예 회사의 문을 닫는 것보다 이게 더 최대호에게 굴욕적인 일일 테니까.

주연이 한시온의 말을 이해하려고 애쓰는 사이, 한시온의 말이 이어졌다.

"라이언 엔터야 그런다고 치고, 테이크씬이 이적하는 게 왜 불가능하죠? 계약만 해결하면 되는 거 아닌가요?"

"물리적으로야 가능하겠죠. 하지만 저희를 둘러싼 환경이 좋게 돌아갈 것 같진 않은데요."

"이를테면?"

"가장 큰 건 팬분들의 마음이죠. 그 다음에 걸리는 건 일본 활동에서의 연속성이고."

"팬들은 좋아하게 될 겁니다. 그 시작이 오늘 촬영하신 프로그램인 역전세계고."

"네?"

"제가 촬영장에는 못 갔는데, 오늘 그 노래 듣고 감정이 북받치지 않았어요?"

"그걸 어떻게······."

"세달백일 멤버들도 그랬거든요. 아마 노래가 나오면 연예인분들의 언급이 좀 있지 않을까 싶은데."

"······."

"그 장면을 예쁘게 내보내고, 제가 오늘 드린 노래로 큰 성공을 거두면 팬분들도 이적을 찬성하지 않을까요?"

"하지만 방송국에는 여전히 최대호 대표님의 인맥들이 많습니다. 세달백일은 어떻게 못해도, 배신자 테이크씬은 건드릴 수 있는······."

"아, 그건 걱정 마세요. 그즈음에는 최대호 주변이 난리 나 있을 거니까."

"최 대표님을 너무 만만하게 보시는 거 아닙니까? 그분이 만나는 사람들을 보면 꽤 높습니다."

"뭐 사회 제도로 공격하겠다는 건 아니에요. 설마 제가 국세청이나 검찰들을 동원하겠어요? 그런 건 영화에나 나오는 거죠."

"그럼요?"

"민주주의잖아요. 전국민이 욕을 하면 대통령도 힘이 빠지는."

주연은 한시온이 뭘 하겠다는 건지 이해하지 못했지만, 추가적인 설명은 없었다.

침묵 속에서 주연은 상상했다.

정말로 테이크씬이 세달백일 쪽으로 이적을 한다면 어떻게 될까?

일단 노래의 성과가 중요하긴 하다.

아이돌은 뭐가 됐든 본업이 잘돼야 한다.

그러니 〈PROD. 한시온〉이 박힌 곡이 큰 히트를 기록한다면, 꽤 많은 부분이 해결될 것이었다.

하지만 활동적인 측면은 미지수긴 하다.

한시온의 등장 이후 라이언 엔터는 체면을 많이 구겼지만, 그렇다고 그들이 가지고 있는 인프라가 없어진 건 아니었다.

당장 일본 활동만 해도 라이언 엔터가 아니었다면, 그렇게 쉽게 시작하지 못했을 거니까.

즉, 음원의 성공적인 부분에서는 세달백일이 낫고, 활동의 지원적인 측면에서는 라이언 엔터가 낫다.

현시점에서는 반반이다.

하지만 가수라면 모두가 알고 있었다.

결국은 시간이 지나면 음원의 성공이 중요하다는 걸.

활동은 휘발성이지만, 음원은 지층처럼 누적되는 것이다.

그러니 미래 가치까지 본다면 세달백일 쪽으로 이적하는 게 이득이라는 생각도 퍼뜩 들었다.

게다가 생각해 보면, 세달백일의 손을 잡음으로써 '세달백일과 사이가 안 좋은 그룹'이라는 꼬리표를 뗄 수가 있다.

이게 그들을 얼마나 힘들게 했던가?

그럼에도 불구하고 주연은 고개를 저었다.

"고래 싸움에 낀 새우가 될 것 같습니다."

"고래가 새우를 쳐다볼 여력이 없다면요?"

"전 최대호 대표님보다 박승원 팀장님이 더 무섭습니다."

박승원 팀장.

최대호의 영원한 오른팔이자, 라이언 엔터의 실질적인 운전을 담당하는 이.

한시온도 잘 알고 있는 이였다.

처음 만났던 건, 커밍업 넥스트가 끝나고였다.

한시온이 세달백일을 데리고 독립을 선택하자, 박승원 팀장이 세달백일 멤버들을 한 명씩 찾아왔었다.

그리곤 예언을 했다.

세달백일의 선택이 어떤 미래를 초래할 것이며, 어떤 식으로 라이언 엔터가 움직일 것이라는 예언.

그건 협박이었다.

한시온은 아직도 세달백일 멤버들 중 그 누구도 저 협박에 이탈하지 않은 게 신기했다.

한시온이 듣기에도 꽤 그럴 듯한 말이었으니까.

박승원 팀장은 일을 잘한다.

"박승원 팀장이 왜 무섭습니까?"

"저희의 약점을 만들 수 있으니까요."

"나쁜 짓 하고 지냈습니까?"

"그건 아니지만, 알잖아요. 연예인은 마음먹고 공격한다면 유리잔 같다는 걸. 그쪽이 페이드도 그런 식으로 공격했잖아요."

"알죠."

"박 팀장님은 저희가 하지 않은 일도 했다고 만들 수 있는 자료들을 가지고 있어요."

물론 한시온도 알고 있었다.

테이크썬 멤버들이 바에서 회식하는 사진만 가지고도, 일본에서 유흥업소를 들락날락했다는 기사를 내보낼 수 있다.

기자들은 박 팀장이 제보를 한다면 받아쓸 테니까.

하지만 한시온도 고려하고 있는 부분이었다.

"주연 씨."

"네."

"테이크썬 레코딩본이 유출됐던 거 기억나나요? 세달

백일에게 굉장히 유리한 타이밍에."

"……알죠."

테이크썬의 야비한 기회주의자 이미지(세달백일의 편에서)가 이때 형성된 것이다.

테이크썬은 후속곡으로 오랫동안 준비해 온 곡을 커밍 업 넥스트에서 불렀으니까.

그걸 누가 유출했는지에 대해 라이언 엔터의 배신자 색출은 꽤 길었다.

하지만 결과적으로는 우연에 의한 유출로 결론이 났다.

박 팀장이 아무리 회사를 들쑤셔도 도무지 찾을 수가 없었기 때문이었다.

그 뒤로도 페이드와 관련된 정보가 풀리며 쥐새끼 수색이 한 번 더 있었지만, 여전히 찾지 못했고.

한시온이 이런 말을 건네자, 주연은 혼란스러웠다.

정황상 알 수 있는 이야기들이긴 하지만, 지나치게 상세하지 않은가?

꼭 현장에 있었던 것처럼.

이어진 말은 주연이 단 한 번도 상상해 본 적 없는 '진실'이었다.

"그거 박 팀장님이 한 일입니다."

"무, 뭐라고요?"

주연은 지금 이 순간이 가장 경악스러웠다.

오늘 한시온이 건넨 말들은 전부 상상하지 못했던 것들이지만, 그중에서도 이게 가장 놀라웠다.

처음에는 의심이 들었다.

박 팀장님이 왜 그랬는지 납득이 되지 않았기 때문이었다.

박승원 팀장은 무경력 로드 매니저로 시작해서 7년 만에 팀장을 달았다.

덕분에 주변의 견제를 많이 받아서 직급은 팀장에 머물러 있다.

하지만 실제 받는 대우나 급여 같은 건 사업본부의 본부장과 크게 다르지 않았다.

덕분에 라이언 엔터의 소속 연예인들도 박승원을 명실상부 라이언의 2인자라고 생각하고 있었다.

종종 이사를 건너뛰고, 박 팀장이 전결을 받는 경우도 있다는 걸 알고 있었고.

그래서 라이언 엔터에서 연차가 좀 쌓인 연예인들 중에는 뭔가를 시도하기 전에 박 팀장과 이야기를 나누기도 했다.

박 팀장이 대번에 No를 외치면 정말 안 되는 일이니까.

한데, 그런 박승원이 대체 왜 한시온의 손을 잡는단 말인가?

이해가 안 갔다.

그러나 한편으로는 한시온의 말이 진실이라는 생각이 들었다.

그렇게 생각한다면 모든 아귀가 착착 맞아떨어지니까.

그럼에도 불구하고 주연은 물었다.

"박 팀장님이 왜……?"

"첫 만남은 커밍업 넥스트가 끝나고 저희를 협박하러 왔을 때죠."

* * *

한시온은 자신을 협박하는 박승원에게 제안을 하나 했다.

세달백일을 위해서 일을 해 보면 어떻겠냐고.

당연히 박승원은 코웃음을 쳤지만, 한시온은 언젠간 박승원이 자신을 위해 일하게 될 걸 알았다.

전생에서 박승원에 대해 알았던 건 아니었다.

하지만 어떤 조직이든 유독 비슷한 행태를 보이는 이들이 있다.

그중 하나가 인정받지 못하는 2인자였다.

최대호 대표는 본인이 박승원에게 특혜를 주고, 어마어마한 대우를 해 주고 있다고 생각할 게 뻔했다.

아니, 실제로도 처음엔 그랬을 것이었다.

하지만 점차 박승원이 하는 일이 많아지고, 비밀스러운 일이 많아질수록 박승원의 불만은 쌓인다.

게다가 대외적으로 박승원은 팀장이었으니까.

최대호가 조금 더 똑똑한 리더였다면 박승원을 이사로 올려 주고 대외적인 영광을 가져가게 했을 것이다.

하지만 박승원은 대외적인 영광 대신 큰돈과 실권을 받게 되었다.

돈과 실권은 한시온도 줄 수 있는 것이었다.

아이러니한 일이지만, 유능하면 유능할수록 충성심이 낮다.

어쩌면 충성심이라는 게 어느 정도의 진실을 외면해야지 생기는 것일지도 몰랐다.

그렇게 둘의 첫 만남 이후 시간이 흐르고, 상황이 변했다.

박승원은 최대호의 오더를 받아 최선을 다해 세달백일을 견제했지만, 사실 그는 누구보다 진실을 빨리 알아차린 사람이었다.

세달백일의 성공은 막을 수가 없다.

그때쯤 한시온이 다시 접근했다.

"테이크씬의 녹음본을 주세요."

지속적인 협조를 요청하는 것도 아니고, 딱 한 번의 일탈을 부탁하는 것이었다.

그 대가로 박승원이 받은 것은 그가 라이언 엔터에서 받는 일 년치 연봉이었다.

그 뒤로 한시온과 박승원은 몇 번의 거래를 했다.

라이언 엔터의 정보를 미리 알려 주는 등으로.

그러나 이때까지만 해도 박승원은 프리랜서에 가까웠다.

한시온과 최대호, 두 쪽에서 모두 일감을 받는.

그러니 최대호의 편에 서서 적극적으로 세달백일을 공격하는 경우도 있었다.

한시온은 그걸 전혀 탓하지 않는 대범함을 보여 줬고.

결과적으로 박승원이 완전히 한시온에게 돌아선 것은 한시온의 부모님과 관련된 기사를 터트릴 준비를 하는 시점이었다.

정확히 말하자면, 세달백일이 테이크씬의 활동에 맞춰 컬러 쇼의 티저와 앨범의 티저를 발매할 때였다.

당시의 최대호는 시류를 읽고 더 이상 테이크씬의 활동이 무의미하다고 생각했다.

그래서 테이크씬을 행사 쪽으로 돌리며, 한 가지 일을 기획했다.

"박 팀장. 어떻게 할 거야?"
"온새미로 부모 쪽을 긁어 보고 있긴 한데, 오히려 너무 막장이라서 컨트롤이 좀 어렵습니다."
"내가 지금 그런 소리나 듣고 싶은 것 같아?"
"……죄송합니다."
"한시온 부모와 관련된 자료, 많이 모았지?"
"예."
"테이크씬 활동 종료하자마자 터트리면 티가 나니까……. 그래, 세달백일 음방일에 터트려. 음방 직후 기사가 나가도록."

여기까지는 박 팀장도 예상했던 부분이었다.
하지만 이어진 행동이 박 팀장의 심기를 건드렸다.

"한시온의 이야기는 어떤 채널을 통할까요? 보도국으로 뛰면 라이언 엔터와의 연결 고리가 남을 수도 있습니다. 프리랜서는 스피커가 좀 약할 수도 있고요."

박 팀장의 질문에 최대호는 가만히 쳐다보다가 웃음을 지었다.
이어진 대답은 짧았다.

"자네 능력을 믿겠네."

최대호도, 박 팀장도, 닳고 닳은 사회인들이었다.

최대호가 뱉은 말의 의미는 '내가 지시한 일이 아니다'라는 것이었다.

혹시 일이 잘못 전개된다면, 전부 박 팀장이 뒤집어써야 하는 것.

이때가 박 팀장의 마음이 한시온에게 기운 순간이었다.

그래서 박 팀장은 처음으로 대가를 받지 않고 정보를 넘겼다.

한시온이 어떻게 대응하는지를 보고 싶어서.

그리고, 이어진 한시온의 대응은 완벽했다.

"나한테 뭘 줄 수 있습니까?"

박 팀장의 물음에 한시온의 대답은 간단했다.

돈과 명예, 그리고 복수.

* * *

한시온은 이 모든 이야기를 주연에게 자세히 설명하진 않았다.

박승원에게도 지켜 줘야 할 체면이 있었으니까.

하지만 몇 가지는 확실히 말했다.

"첫째로, 새로운 브랜드가 나오면 자회사를 이끄는 대표이사가 박승원 팀장님이 될 겁니다."

"지금 SBI의 본부장님이 아니고요?"

"서승현 본부장님은 세달백일을 케어하는 게 더 좋다더군요. 재미있다고."

"……."

"그리고 알지 모르겠지만, 테이크씬의 일본 활동 대부분이 박 팀장의 손을 탄 겁니다. 조금 삐그덕거릴 수는 있지만, 전체적인 방향성은 유지될 겁니다."

"……네."

"마지막으로, 박 팀장님을 따라 나오는 분들도 있을 거예요. 저도 누군지는 모릅니다. 일이 잘 안 됐을 때를 대비해서 서로 모르는 게 나을 거 같아서."

한시온이 주연을 쳐다보며 물었다.

"아직도 이적할 마음이 없나요?"

* * *

주연은 결정을 내리지 않고 떠났지만, 그의 얼굴에 담긴 감정은 정직했다.

뭐, 사실 주연에게 말을 하지 않은 건 있다.

내가 테이크씬을 SBI 엔터의 산하 레이블로 데려오려는 이유는, 정말 그들이 불쌍해서가 아니다.

그러한 감정이 0은 아니다.

라이언 엔터가 침몰할수록 테이크씬은 활동이 힘들어질 테니까.

하지만 감정적인 부분보다는 이성적인 부분이 크다.

아직 어린 주연은 잘 모르는 모양인데, 세달백일의 입장에서 테이크씬은 반드시 데려와야 할 상징성을 가진 팀이었다.

막말로 박승원 팀장을 데려왔다고 대중들이 놀라겠는가?

막연히 라이언 엔터의 2인자가 이적했다는데 그런가 보다 하겠지.

그에 반해 테이크씬은 대중들이 놀랄 만한 픽이다.

대중들이 기억하는 테이크씬의 마지막 모습은 세달백일의 대적자다.

물론 실적으로 따지면 비교도 안 되긴 한다.

현시점에 세달백일과 비교할 수 있는 가수는 그룹이든 솔로든 아무도 없으니까.

하지만 어쨌든 이미지가 그렇다.

라이언 엔터의 선택을 받아서 세달백일과 겨루던 팀.

그 팀이 세달백일의 산하 레이블로 들어온다는 건 생각보다 큰 가치를 줄 것이다.

배에서 선원들을 끄집어내는 가장 쉬운 방법은 배를 침몰시키는 것이다.

설령 그게 침몰할 수 없는 배라고 해도 상관없다.

구성원들이 '침몰한다'라는 인식만 받으면 되는 거니까.

라이언 엔터는 사내 유보금과 재무 건전성이 워낙 많아서 어지간한 짓으로는 망하게 할 수 없다.

평생을 들여 공을 들이면 모를까.

하지만 회사를 이끌던 직원들이 탈주하고, 연예인들이 나가고, 테이크씬까지 나간다면?

침몰하는 배처럼 보인다.

꼭 우리 레이블로 들어오지 않더라도, 다른 회사로 이적하는 이들도 많이 생길 거다.

특히 계약 기간이 짧아진 배우 라인업이나, 이미 스타가 된 가수들이.

그렇게 됐을 때쯤, 어마어마한 이벤트가 있다.

코로나.

코로나는 연예계에는 큰 기회였다.

사람들이 밖을 나가지 않기 때문에 미디어의 힘은 더욱 커졌다.

하지만 아이러니하게도 방송계보다는 유투브나 개인 방송이 훨씬 커졌다.

그 때문에 승자 독식이 시작된다.

메인스트림에 올라가 있는 이들은 코로나를 기점으로 어마어마하게 성장하지만, 마이너인 이들은 악화일로를 걷는다.

행사나 축제 같은 것들이 전부 사라지기 때문이다.

물론 개중 몇몇 소규모 기업들이 반짝이는 아이디어를 바탕으로 성공 신화를 이룩해 내긴 하지만…….

최대호는 그런 시류를 읽지 못할 것이다.

그는 성공한 중년 사업가니까.

세상이 변화하는 시점에 성공하는 것은 어린 사업가들이다.

그런 생각을 하며 자리에서 일어났다.

* * *

GOTM은 귀국하지 않았다.

그 대신 한국에 눌러앉으며 한시온과 앨범 작업에 돌입했다.

처음엔 1집 앨범의 보컬 자리를 고사하는 듯했던 한시온이지만, 막상 하기로 한 뒤는 과감했다.

"1집 전곡 프로듀싱 권한을 줘."

GOTM 멤버들은 한시온의 결정을 환영했고, 적잖이 감동도 했다.

하지만 이건 한시온 입장에서 당연히 해야 하는 일이었다.

이왕 전 회차의 인연과 일을 하기로 했으면, 앨범의 카운팅도 만들어 내야 하니까.

악마는 타 그룹의 앨범을 프로듀싱하면, 참여 정도에 따라서 1/2장이나 1/3장 정도로 카운팅을 해 준다.

한시온도 정확한 기준은 모르기 때문에, 이왕 할 거면 최대한 많이 개입하는 게 좋았다.

게다가 사실 GOTM과의 앨범 작업은 너무 쉬운 일이었다.

이전 회차에서 사용했던 곡들이 너무나 많으니까.

제작 회의를 통해 1집 앨범의 구성을 12곡 정도로 잡고 있었는데, 그중 10곡은 기존 곡으로 채울 예정이었다.

물론 그렇다고 GOTM의 빌보드 베스트 곡같이 히트곡 위주로 촌스럽게 꾸릴 생각은 없었다.

앨범은 그런 게 아니다.

작품이다.

하나의 앨범을 쭉 들었을 때, 남는 감정이 있어야 한다.

그리고 한시온은 그 키포인트를 새롭게 만들 2곡으로 생각하고 있었다.

인트로와 타이틀.

이 모든 작업은 한시온의 입장에서는 일주일 만에 할 수 있는 것이었다.

하지만 GOTM의 입장에서는 좀 다르다.

그들은 아직 한시온이 만족할 수준의 연주를 선보이지 못하니까.

재능이 뛰어난 이들이다 보니 포인트는 잘 잡고 있지만, 기본적으로 아쉬운 지점이 너무 많았다.

"앤드류. 가서 고스트 노트 좀 연습해."

"뭐? 내가 고스토 노트를 못 만든다고 생각하는 거야?"

"만들 수는 있지. 근데 정말 완벽하다고 생각해?"

"……."

"고스트 노트는 들릴 듯 말 듯해야 해. 하지만 이건 사운드 크기의 영역이 아니야."

"그럼?"

"음압의 영역이지."

"젠장. 친구들이 위플래쉬를 보고 그렇게 놀려 댔었는데."

〈위플래쉬〉는 폭력적인 영향력을 행사하는 지휘자 아래에서 성장하는 드러머의 이야기를 다룬 영화였다.

한데, 위플래쉬의 주인공 이름은 앤드류 네이먼이다.

성은 다르지만, 이름이 같다.

그리고 위플래쉬에서도 고스트 노트에 대한 이야기가 많았다.

"데이브."

"왜."

"악보 받아."

"이게 뭔데?"

"이 악보를 피아니시시모로 표현할 때까지 다른 연습 금지야."

"뭐? 난 피아니스트가 아니야."

"무슨 말인지 알아들었잖아? 두 번 말하게 할래?"

피아니시시모는 피아노 악보상 '매우 여리게 연주하기'를 뜻하는 말이었다.

데이브 로건은 공격적으로 과감하게 치고 나가는 연주가 매력적이다.

하지만 그것만 해서는 초일류가 될 수 없다.

완급 조절이 필요하다.

"존."

"응……."

"넌 데이브랑 반대야. 베이스로 어그레시브한 느낌을 만들어. 선곡은 정해 주지 않겠어. 네가 생각하기에 가장 공격적인 베이스 라인을 찾아."

"응……."

마지막은 키보디스트 스티브 립그렌이었다.

"스티브."

"예스, 보스."

"넌 연주 금지야."

"왓?"

"대신 멤버들 연습하는 걸 하루 종일 구경하면서 잔소리해."

"무슨 잔소리?"

"고스트 노트가 너무 티 난다, 피아니시시모라기엔 강하다, 공격적이지 않다 등등. 방금 내가 줬던 오더를 기반으로 참견만 해. 그리고 네 연주를 보태는 상상만 해."

"왜?"

"일단 넌 손목 컨디션에 영향을 너무 많이 받아. 인정하지?"

"……인정하지."

"근데 사실 네 연주는 거의 차이가 없어. 키보드가 아니라 피아노로 쳐도 그럴 거야. 벨로시티(음압)가 거의 동일해."

"그래서?"

"네가 받는 컨디션의 영향은 그냥 착각일 뿐이야. 지금 너한테 필요한 건 실제로 연주를 하는 게 아니라, 소리를 상상하는 훈련이야."

얼핏 보기엔 쉬워 보이지만, 사실 스티브 립그렌이 해야 하는 일이 가장 어려웠다.

악기 플레이어들이 연주를 하지 않고 소리를 상상하는 건 쉽지 않은 일이다.

이건 수준의 문제가 아니라, 성향의 문제다.

초일류 연주가라고 반드시 내가 내는 소리를 완벽히 상상하는 것은 아니다.

오히려 순식간에 몰입을 해서 그때그때 소리에 민감하게 반응하는 타입이 더 많다.

하지만 적어도 스티브 립그렌에 한해서는 이런 과정이 필요했다.

키보드는 한시온이 GOTM을 결성할 때 가장 마지막의 마지막까지 고민한 자리였다.

스티브 립그렌이 아니었던 적이 더 많았다.

그럼에도 불구하고 그가 최종적으로 선택된 건, 그가 상상을 현실로 만들어 내는 능력이 있기 때문이었다.

그렇게 지옥과도 같은 GOTM의 트레이닝이 시작되었다.

옆에서 지켜보던 크리스 에드워드와 제임스 딘이 너무 과한 게 아닌가 걱정할 정도였다.

하지만 막상 연습의 당사자인 GOTM은 그렇게 생각하지 않았다.

플라시보 효과인지도 모르겠지만, 연주 실력이 나아지는 것 같았으니까.

"와, 옛날 생각 난다."

"시온이가 지독하긴 하지."

세달백일 멤버들은 연습실에서 GOTM을 구경하며 그

런 태평한 소리를 했지만, 그것도 잠시였다.

GOTM의 조율 방향성을 디렉팅한 한시온의 이번 타깃은 세달백일이었다.

"세달백일도 다시 조율을 해야 해요."

"우리도? 왜?"

"노래 실력이 확 늘었으니까."

세달백일 멤버들은 엔진이 교체되었다.

그들은 180km로 달릴 수 있는 스포츠카가 되었는데, 여전히 150km가 자신들의 최고 속도라고 생각하고 있다.

"제 목표는 심플해요."

최고의 인트로, 구태환.

최고의 트랙잭션, 이이온.

최고의 하이 피치, 온새미로.

그리고 최고의 래퍼, 최재성.

최재성에는 본인에게 맡기는 부분이 크기 때문에 잔소리만 하고 있지만, 구태환-이이온-온새미로로 이어지는 보컬 라인은 트레이닝을 다시 시작할 때가 됐다.

"그리고 최고라는 단어 앞에 생략된 건 역사상 최고예요."

한시온은 이들과 2억 장을 팔고 싶어졌고, 팔 거다.

이들은 지금도 잘하지만, 더 잘해질 수 있다.

그리고 더 잘해져야 한다.

예전 같으면 이렇게까지 밀어붙이지 않았겠지만, 이제는 안다.

세달백일의 재산은 지치지 않는 향상심과 한시온을 믿는 마음이다.

그들이 〈RESUME〉를 다시 녹음하면서 70점을 받았던 것처럼.

한때는 저 향상심이 끝나 버릴 거라고 걱정을 했지만, 이제는 아니다.

"한 달 동안 죽었다고 생각합시다."

오죽하면 한시온은 병적으로 집착하면 웨이트 시간까지 없애 버렸다.

신체적으로 지치지 말고, 온전히 소리에 집중하게 만들기 위해서.

"이온 형. 정확한 음은 기계가 더 잘 내겠죠? 그럼 기계보다 나은 점이 하나라도 있어야 할 거 아니에요?"

"……어떻게 그렇게 심한 말을."

"온새미로. 네가 남자인 이유를 증명해. 단지 음역대가 높은 하이 피치가 필요했으면 여성 보컬을 썼겠지?"

"와, 너무해."

"구태환. 너 이제 좀 뻔해졌어. 좋은 도입부를 치는 건 알겠는데, 어느 순간부터 예상이 다 돼. 앨범 한두 장만 더 내면 지겨워."

"야, 그 정도는 아니야."

참고로 한시온의 말에 대한 말대꾸는 세달백일이 한 게 아니었다.

옆에서 듣고 있던 GOTM이 한 것이었다.

어처구니없게도 스티브 립그렌과 존 스카이가 한국어를 알아듣기 시작한 것이었다.

이 둘이 언어에 재능이 있다는 건, 한시온도 처음 알았다.

그동안은 GOTM으로 활동하면서는 한국어 자체를 아예 안 썼으니까.

꿈도 영어로 꾸던 한시온이었다.

그렇게 GOTM은 세달백일을 불쌍해하고, 세달백일은 GOTM을 불쌍해하는 시간이 3주가 흘렀다.

그 사이에 크리스 에드워드는 도저히 한시온의 저력을 짐작할 수가 없다고 생각했다.

그가 생각하기에는 이미 완성된 것 같다.

GOTM도, 세달백일도.

한데 한시온은 끊임없이 뭔가를 요구하고, 그걸 따르면 더 좋은 것들이 나온다.

그래서 이런 생각까지 들었다.

어쩌면 이 땀내 나는 작업실이 이번 세대의 음악 산업을 리드해 갈 총본산이 될 수도 있겠다고.

〈비틀즈〉의 캐번 클럽이나, 〈에이미 와인하우스〉의 실비아 영 시어터 스쿨처럼.

며칠 뒤, GOTM의 1집 앨범 녹음이 시작되었다.

그때가 딱 〈본업으로돌아온사오이〉가 마스크드 싱어에서 3주 연속 우승을 차지하는 게 방송되는 시점이었고.

엠쇼와 세달백일의 유투브를 통해 〈역전세계〉 1회가 방송되는 시점이었다.

* * *

〈역전세계〉는 애플의 WWDC를 중계하는 포맷에서 프리퀄이 공개되었고, 이후로 여러 차례 예고편이 방송됐었다.

엠쇼는 예고편의 홍보에 어마어마한 공을 들였다.

단독 편성이 아닌, 세달백일의 유투브 채널과 동시 편성이라는 게 믿기지 않을 정도로.

사람들은 이게 엠쇼와 세달백일의 완전한 유착 관계 때문이라고 생각했다.

사실 SBI 엔터와 엠쇼가 같은 편을 먹은 건 좀 된 일이다.

업계 관계자들은 당연하고, 대중들도 눈치채고 있다.

대중들은 엠쇼가 세달백일의 비즈니스 성과 때문에 친하다고 생각했다.

 세달백일의 브랜드 파워는 어마어마하니까.

 업계 관계자들은 거기에 더해서 정치적인 스탠스 때문에 친분이 두텁다고 생각했다.

 기존에 최대호 대표와 가깝던 이사진을 밀어내고 세달백일의 편을 들어 준 게 현재의 이사진이니까.

 하지만 사람들이 모르는 사실이 한 가지 있었다.

 한시온은 겉에서 보이는 것처럼 자존심 강한 천재 뮤지션이 아니다.

 그는 검은돈도 잘 쓰는 사람이다.

 필요하다면 뇌물을 찔러 주기도 하고, 청탁에 대한 대가를 주기도 하니까.

 심지어 최지운 변호사를 통해 어떻게든 상류층과도 인연을 만들려 노력하는 사람이었다.

 어쨌든 이런 상황 속에서 엠쇼는 〈역전세계〉를 푸쉬했다.

 하지만 콘텐츠 자체에 대한 평가는 썩 긍정적이지 않았다.

 "좀 올드하지 않나?"

 "그보다는 산만한 게 더 문제지."

 "감성을 파는 것도 아니고, 제대로 웃기겠다는 것도 아니고…….”

"음악이야 좋겠지. 한시온이 만들었다니까."

"뭐 그냥 훌륭한 음원 성적에 팬덤 시청률로 끝나지 않겠어?"

이건 업계인들만의 평가가 아니었다.

대중들도 비슷했다.

〈역전세계〉가 예고될 때마다 늘 나오는 말이 딱 이거였으니까.

―그래서 뭘 하겠다는 건데?

포맷 자체는 알려졌다.

과거의 영광을 기억하는 배우들에 주성한이 합세해서 음악을 만든다.

간단한 이야기다.

하지만 뭔가 한 덩어리로 묶이는 느낌이 들지 않는다.

여러 개로 쪼개진 컨셉들을 억지로 하나로 묶은 느낌?

그렇기 때문에 예고편에 대한 평가가 썩 좋지 않은 것이었다.

하지만 그들이 모르는 건, 한시온이 아주 오랫동안 쇼비즈니스에 머문 망령이라는 것이었다.

한시온에게 연출 감각이 있는 건 아니다.

PD가 해야 하는 일을 맡을 능력은 없다.

하지만 그에게는 뛰어난 기획 능력이 있었다.

그리고 이 기획은 대부분 이미 경험해 봤기 때문에 가능한 것이었다.

역전세계도 그렇다.

한시온은 역전세계와 거의 비슷한 포맷의 예능으로 미국 전역을 뒤집어 놓은 적이 있었다.

물론 할리우드 스타들이 가지고 있는 고충에 대한 대중적 공감과 한국 배우들이 가지고 있는 고충에 대한 대중적 공감은 좀 다를 수 있다.

그러나 사람들이 생각하는 것처럼 조각난 요소들을 억지로 붙이는 건 아닐 것이었다.

그렇게.

-오, 시작한다.

-시청률 좀 나오려나?

-한시온, 힙시온, 랩시온 팬덤이 붙지 않겠음?

-본돌사 팬덤도 있고, 리더시온과 친구들 팬덤도 있을걸?

-나루토냐? 뭔 분신이 그렇게 많아.

-분신술 쓰긴 함 ㅇㅇ

-ㅇㅇ 지금은 본돌사 분신술 시전 중이잖음.

―ㅋㅋㅋㅋㅋㅋ

〈역전세계〉의 1화가 방송되었다.

* * *

1화의 시작은 사람들의 생각과는 좀 달랐다.

대부분 세달백일 중심의 이야기가 나올 줄 알았는데, 아니었다.

출연진들의 이야기로 시작했다.

정확히 말하자면 출연진을 선별하는 과정으로 시작했다.

엠쇼의 제작진이 노래 배우기를 희망하는 이들을 인터뷰했는데, 꼭 배우만 있었던 건 아니었다.

아이돌도 있었고, 운동선수도 있었고, 인플루언서도 있었다.

젊은 배우들도 있었다.

시청자들은 결과적으로는 노년의 배우들만 선발된다는 걸 알고 있었기에 좀 당황하기도 했다.

출연을 하기만 하면 큰 화제가 될 만한 지원자들이 많았기 때문이었다.

―아니, 민우 섭외했으면 대박 아니냐? 쟤 중국에서 장

난 아닌데.

-그러게ㅋㅋ 뭐지.

-난 민우보다 크림이 까인 게 더 당황스러운데;

-근데 같은 아이돌은 좀 그럴 수도 있음. 결국 세달백일이 가르쳐야 하니까.

-ㅇㅇ 근데 뭐 현시점에서는 출연자들도 노래 강사가 세달백일인 걸 모르는 듯?

그런 상황에서 가장 먼저 물망에 오른 것은 조석현이라는 노년의 배우였다.

자료 화면으로 조석현의 화려한 커리어가 나왔다.

80년대에 미남 배우로 유명했던 조석현의 리즈 시절 영상들도 나왔는데, 누군지 대충 아는 대중들이 깜짝 놀랄 정도였다.

-와 옛날 배우들이 진짜 ㅈㄴ 잘생겼었다니까.

-저 땐 진짜 보정 없이 잘생겨야 해서, 약점 없는 완전체들만 살아남던 시절이었음.

-지금 딱 저 외모였으면 돈 쓸어 담았을 듯.

하지만 조석현의 마지막 작품 활동은 벌써 3년 전이었다.

배우들이 종종 겪는 딜레마였다.

노인 역할을 하기엔 너무 젊고, 중년 역할을 하기엔 나이가 든 것이었다.

물론 그 애매한 구간이 필요한 배역도 있지만, 그 기회가 조석현에게까지 오진 않았다.

세상엔 배우가 너무나 많으니까.

조석현이 노래를 배우려는 이유는 별거 없었다.

배우로서의 생명은 이제 끝난 거 같은데, 뭐라도 하나 세상에 남기고 은퇴하려고.

[솔직히 꼭 노래여야 할 필요는 없어요.]
[원래는 시집을 내려고 했는데.]

조석현은 특별히 간절하지도 않았고, 반드시 노래여야 할 이유도 없었다.

어떤 면에서는 포기에 익숙한 사람처럼 보였다.

지난 3년간 그랬듯이.

하지만 그가 던진 메시지는 정확했다.

마지막으로, 한 번만 빛나 보고 싶다.

이러한 감정을 보여 준 건 조석현뿐만이 아니었다.

노년의 배우들은 대부분 그러했다.

잔인하게 말을 하자면, 현시점에서 잘나가고 있는 배우가 엠쇼의 검증 안 된 신생 예능에 나올 이유는 없다.

그러니 〈역전세계〉에 지원한 배우들은 대부분 무명이거나, 빛을 잃어버린 이들이었다.

시청자들은 몰랐지만, 이 포인트는 한시온이 프로그램의 컨셉을 바꾼 포인트이기도 했다.

원래 〈역전세계〉는 노년의 배우들을 모아서 진행하는 예능이 아니었다.

그보다는 컨셉츄얼 리얼리티 예능에 가까웠다.

하지만 조석현의 인터뷰를 본 한시온은 언젠간 본인이 미국에서 촬영했던 예능을 떠올렸다.

그때는 역전세계라는 컨셉 없이, 꽤 진지하게 찍었던 프로그램이지만 방향성 자체는 같다.

그렇게 강석우 피디에게 제안을 했고, 지금의 역전세계가 탄생한 것이었다.

사실 역전세계라는 타이틀은 두 가지를 의미했다.

하나는 후배 중의 후배인 세달백일이 윗사람 역할을 하는 예능적인 컨셉.

또 하나는 빛을 잃어버린 사람들의 세계가 역전되는 컨셉.

그리고, 시청자들도 이걸 캐치했다.

－아, 그래서 역전세계였구나?
－그럼 세달백일이 선생 노릇을 하는 건 나중에 더해진 예능 컨셉인 듯?

실제로는 선후가 반대였지만, 이렇게 받아들이는 게 합리적이었다.
그렇게 프로그램이 나아갔다.
자연스럽게 방송의 포커스는 나이 든 배우들에게 맞춰졌는데, 주성한도 끼어들어서 할 말이 있었다.

[사실, 구태환 씨한테 패배하고 어마어마하게 창피했었거든요.]
[하지만 한편으로는 그런 생각도 있었죠.]
[아, 여기가 끝이구나.]
[이제 난 노래를 괜찮게 불렀던 주성한으로 기억되겠구나.]
[더 이상의 경쟁력이 없구나.]
[왜냐고요?]
[이제는 모두 나한테 선택하라고만 하거든요. 나이가 들어 버려서.]

애초에 주성한이 마스크드 싱어에서 패배한 이후, 한시

온을 찾아왔던 이유도 이것이었다.

자신의 빛은 점점 꺼져 가고 있는데, 거기에 장작을 던져 줄 사람이 없다는 거.

주성한이 그냥 끼어들었다면 결이 안 맞았을 수도 있겠지만, 그는 구태환에게 패배했었다.

결이 맞다.

그렇게 프로그램은 질질 끄는 것 없이 순식간에 멤버 구성을 끝내 버렸다.

중간에 한시온과 강석우의 회의 씬이 중요했다.

[이건 저희가 의도했던 방향은 아니긴 한데…….]
[피디 생활을 하다 보니, 때로는 프로그램의 흐름이 의도를 넘어서는 힘을 가질 때가 있더라고요.]

그렇게 결성된 것이었다.

그 뒤는 줄곧 예능적인 장면이었다.

갑자기 나타난 대선배님들 앞에서 절절매는 세달백일 멤버들의 모습이 웃음 포인트로 다가왔다.

많은 분량을 할애한 건 아니었지만, 힘을 주지 않았기 때문에 오히려 웃겼다.

'이거 웃기지!'라고 소리치면 재미없었을 장면도, 가볍게 넘어가면 소소하게 재밌어지는 경우가 있다.

이건 시청자들의 예상과는 반대였다.

역전세계라는 타이틀과 예고편만 봤을 때는, 세달백일이 강사 노릇을 하는 게 핵심 내용일 줄 알았기 때문이었다.

그리고 마침내 이 모든 프로젝트의 지휘를 맡은 한시온이 목표를 내놓았다.

[저희 목표는 간단합니다.]
[미니 앨범을 낼 거예요. 4곡이고, 여러분이 직접 뮤직비디오에 출연해서 연기할 겁니다.]

우스운 이야기지만, 보통의 가수들과는 반대로 뮤비의 연기를 걱정하는 사람은 없었다.
그들은 전부 배우들이었으니까.
주성한도 경험이 많았고.

[꺼지지 않는 횃불은 없지만, 그 무엇도 밝히지 못하고 꺼지는 횃불은 있다고 생각합니다.]
[저희가 무언가를 밝히면 좋겠습니다.]

그 뒤로 출연진들의 회의를 통해서 앨범으로 버는 돈의 전액이 독거노인의 고독사 같은 노년층의 사회 문제를 위해 쓰이게 되었다.

모든 건 갖춰졌다.

프로그램의 컨셉도 갖춰졌고, 왜 이런 방향성이 되었는지에 대한 설명도 끝났고, 출연진도 세팅이 되었다.

이제 필요한 건 후킹 포인트였다.

1화를 이대로 끝내면 안 되니까.

그때, 화면 속의 한시온이 말했다.

[당장 여러분이 내일 세상을 떠난다고 생각했을 때, 세상에 남기고 싶은 마지막 말을 저에게 가져다주셨으면 좋겠습니다.]
[그게 저희의 미니 앨범으로 재탄생할 거예요.]

이는 언젠간 한시온이 최재성에게 했던 요구와도 같았다.

진짜 가슴에 담겨 있는 진심.

그걸 가져다 달라고.

이후에는 셀프 카메라를 통해서 출연진들이 자신의 말을 적는 이야기가 나왔다.

[아, 솔직하기가 정말 너무 어렵네요.]
[이게 전부 시청자들에게 공개가 되는 건가요?]

작가들의 대답은 그렇진 않다는 것이었다.

세달백일이 먼저 읽어 보고, 지나치게 개인적인 내용이나 문제가 될 만한 건 쳐낸다고 했다.

그렇게 출연진들이 그들의 진심을 가져왔고, 한시온은 딱 이틀 만에 곡을 완성했다.

그 뒤로는 작사에 크게 재능이 없는 한시온을 위해서 세달백일 멤버들이 붙었다.

세달백일 멤버들은 연예인 선배들의 진심을 보고는 먹먹해하기도 했다.

그렇게 완성된 첫 번째 곡은 〈빛 없는 밤〉이었다.

노래는 세달백일이 불렀다.

그들은 한시온의 진두지휘하에 순식간에 가이드 레코딩을 끝냈다.

시청자들은 본능적으로 이 노래가 올드 팝이나, 세시봉 같은 것일 거라고 생각했다.

그게 어울리기 때문이었다.

하지만 이윽고 나온 장면에서 그들의 생각은 산산조각 났다.

출연진들을 모아 놓고 세달백일이 라이브로 노래를 부르는데, 최근 빌보드 팝 트렌드와 걸맞는 느낌이었다.

2018년의 빌보드는 힙합이 점령했지만, 이에 대한 반대급부로 랩이 아닌 노래만이 줄 수 있는 강한 멜로디를 주는 노래들도 인기를 얻었기 때문이었다.

그 속에서 세달백일의 노래가 나아갔다.

강석우 피디는 일부러 회상이나 인서트 컷을 넣지 않았다.

예능 프로그램에서는 이례적으로 배우들의 바스트 포커스에 정적인 카메라 워킹을 가져갔다.

배우들은 울지 않았다.

흔히 이런 예능에서는 눈물을 흘리는 모습이 어울리겠으나, 그들은 감정 과잉에 빠지기에는 닳아 버린 이들이었다.

하지만 눈빛만으로 충분했다.

방송적인 그림이 아니라, 세달백일의 노래가 정말로 그들의 마음을 뒤흔들었으니까.

예술에는 감정을 움직이는 힘이 있었다.

그렇게 〈역전세계〉의 1화가 끝이 났다.

* * *

SBI 엔터와 엠쇼가 손을 잡고 만든 〈역전세계〉는 대중과 업계 관계자들의 예측을 깨부수며 성과를 올렸다.

물론 다들 1화 시청률이야 잘 나올 거라고 생각하고 있었다.

최재성의 부상 이후 개인 활동을 시작한 세달백일 멤버들의 활약이 심상치 않았으니까.

하지만 그와 별개로, 2화의 기대 시청률은 그리 높지 않을 것이라고 판단했다.

잔뜩 혼재된 컨셉을 기워 붙인 느낌이 있었으니까.

하지만 실제로는 그렇지 않았다.

세달백일이 중심일 거라고 생각한 프로그램은, 사실은 빛을 잃어 가는 이들에 대한 이야기였으니까.

프로그램의 로그라인이 명백해졌다.

다시 한번 빛나고 싶다.

이 서사는 언제나 방송가에서 잘 먹히는 것이었다.

공감이 쉽다.

30대는 20대를 회상하며 자신의 빛이 사그라든다고 생각하고, 40대는 30대를 회상하며 자신의 빛이 사그라졌다고 생각하니까.

원래 공감이란 지극히 개인적인 감정에서 오는 것이었다.

덕분에 기사가 쏟아졌다.

[〈역전세계〉, 시청 후 큰 호평을 받으며 만족스러운 출

발 알려]

 [〈역전세계〉, 노년의 배우들을 대거 출연시킨 이유가 있었다?]

 덩달아 역전세계에 출연한 4명의 배우에 대한 관심도 높아졌다.
 사실 오늘 방송을 보기 전까지만 해도, 시청자들의 머릿속의 저 배우들은 성공한 이들이었다.
 한 번쯤은 안방극장이나 스크린을 화려하게 수놓았던 기억이 있으니까.
 그러나 실제 지표를 보면 그렇지 않았다.
 마지막 출연이 3년 전인 이들도 있고, 연극에 올인했는데 표가 하도 안 팔려서 조기 종영한 이들도 있었으니까.
 즉, 사람들 역시 연예인의 화려한 순간만 기억하고 있는 것이었다.

 -와, 내가 기억하는 조석현은 40대 미중년이었는데;
 -그 사극 뭐지. 거기서 엄청 멋있게 나왔던 걸 어린 시절에 본 기억이 있는데.
 -천망회회?
 -ㅇㅇㅇㅇ 맞음. 그런 중국풍 이름이었음.
 -옛날 사극들이 다 그렇지 뭐.

-ㅇㅇㅇ그거 ㅈㄴ 웰메이드였는데. 50부작이었는데 개재밌었음ㅋㅋㅋㅋ

물론 부정적인 반응이 없는 건 아니었다.

-ㅋㅋㅋ먹고살 걱정 없는 노친네들 놀러 나온 건데

하지만 이런 건 으레 따라오는 것이었다.
게다가 자정 작용도 있었다.

-너처럼 뒤질 때까지 화려할 리가 없는 애들은 공감을 못하겠지.
-ㅇㅇ 나는 완전 공감 가던데. 솔직히 취업하면서부터 좀 내 인생의 가능성이 끝난 느낌을 받았으니까.

자정 작용이 있다는 건, 이 예능이 꽤 성공적이라는 걸 의미했다.
거품도 주식 가격을 결정하는 요인이라는 말처럼, 악플도 인기를 확인하는 척도였으니까.
그렇게 대부분 긍정적인 반응을 보이고 있었지만, 한 부류의 사람들은 크게 아쉬워했다.

-아... 좀 아쉬운데....
-잘돼서 좋긴 한데, 내가 기대한 건 이게 아니었어....

긍정적이지 않은 건 아니었으나, 말 그대로 아쉬운 것이었다.

바로, 세달백일의 팬덤인 티티였다.

그들은 역전세계라는 예능이 예고될 때부터 아무런 걱정 없이 마음 놓고 기대하던 이들이었다.

예능적 재미?

좀 없을 수는 있을 것 같다.

하지만 상관없다.

어쨌든 컨셉츄얼한 예능 프로그램에 세달백일이 출연하는 거니까.

설령 어마어마하게 유치해서 일반 시청자들의 채널을 돌아가게 만드는 장면이 나온다고 해도, 팬덤은 그들만의 행복한 주접을 떨며 즐길 자신이 있었다.

하지만 생각과 전혀 달랐던 예능의 방향성이 많이 아쉬운 것이었다.

2화나 3화로 가면 모르겠지만, 일단 1화에는 세달백일의 분량이 거의 없었으니까.

70분 예능에 세달백일이 제대로 나온 건 25분 정도밖에 되지 않았다.

공식 커뮤니티나 팬 카페, SNS에서 등에서 이런 아쉬움들이 오가고 있을 때였다.

세달백일의 유투브 채널에 〈역전세계〉 1화가 올라왔다.

이번 예능이 동시 송출(정확히는 TV 방송이 끝나자마자 업로드)이라는 건 익히 알려진 사실이었기에, 크게 반응하는 이들은 없었다.

그래도 팬덤은 세달백일의 모먼트를 핥기 위해 유투브로 향했다.

그리곤 뭔가 이상함을 감지했다.

〈역전세계 1화〉라는 타이틀 앞에 한 줄의 수식 문장이 붙어 있는 것이었다.

(편애한) 역전 세계 1화.

'편애? 내가 아는 그 편애?'

뭔가를 감지한 티티가 냉큼 동영상을 클릭했고, 곧 내적 비명을 질렀다.

아니, 외적 비명을 지르는 이도 있었다.

애초에 한시온이 이 프로그램을 떠올렸던 것은 팬 서비스의 개념이 컸다.

예능에 출연하는 게 도움이 되는 활동이긴 하지만, 굳이 제작까지 할 필요는 없었으니까.

그러니 역전세계는 두 가지 버전이 있었다.

정상 버전과 편애 버전.
편애 버전의 구성은 간단했다.
프로그램을 이끌어 가는 주된 시선이 다르다.
엠쇼에서 방송했던 정상 버전의 시선은 관찰자 시점과 배우들의 시점이 뒤섞여 있었다.
세달백일이 메인 뷰로 나선 것은 곡을 만드는 순간밖에 없었다.
하지만 편애 버전은 달랐다.

[어떤 선생님이 되고 싶냐고요? 음……. 일단 시온이랑 정반대의 스타일이면 뭐든 좋지 않을까 싶은데요.]

프로그램 자체가 세달백일의 시점에서 나아간다.
어린 학생들이나, 아이돌 지망생들이 자신에게 노래를 배우러 올 거라는 착각에 빠져 강의를 준비하는 세달백일 멤버들의 모습에서 쇼가 시작했기 때문이었다.
심지어 한시온은 그들을 보며 거짓말을 하기도 했다.

[그런 이야기는 너무 어렵지 않을까?]
[그런가?]
[어떤 학생들이 올지는 제작진 픽이지만, 아무래도 어린 학생들이 올 확률이 높으니까.]

[우리보다 다섯 살 어리면 중3인가?]
[그렇지.]
[좀 더 친절한 문맥으로 바꿔 봐야겠다.]

 잔뜩 열의에 차서 수업을 준비하는 온새미로에게 근엄하게 조언하다가, 카메라 앞에 가서 웃음을 참지 못하는 모습을 보여 준 것이었다.
 한시온의 장난기 섞인 모습은 꽤 귀했기에, 당연히 반응은 좋았다.
 그 뒤로는 학생들의 정체가 공개되고, 쩔쩔매는 세달백일의 모습이 아주 디테일하게 그려졌다.
 땀을 뻘뻘 흘리는 유교보이 이이온의 모습에서부터 갑자기 지능이 낮아진 구태환의 모습까지.
 한 명 한 명의 모습을 다채롭게 조명한다.
 하지만 편애 버전의 하이라이트는 이게 아니었다.
 하이라이트는 〈빛 없는 밤〉을 만드는 내용이었다.
 배우들과 주성한이 가져온 문장을 가지고 멤버들이 가사를 만들고, 한시온은 그 가사를 받아서 멜로디를 짜고, 곡으로 완성하는 과정이 말도 안 되게 디테일하게 담긴 것이었다.
 공중파 예능에서는 이런 시도를 못한다.
 음악 제작 과정에 관심이 없다면 채널이 우수수 돌아갈

만한 내용이었으니까.

하지만 세달백일의 팬덤은 아니었다.

-아니 근데 저 벽에 걸려 있는 거 사오이 가면 아니야?
-맞넼ㅋㅋㅋㅋ
-본돌사야 사오이야.
-둘 다 시온이야.

게다가 개인적인 공간에서 개인적인 대화를 나누는 느낌이 몹시 강했다.

한시온이 이런 내용은 다 편집되어서 본 방송이 만들어질 거라고 거짓말을 했기 때문이다.

아니, 완전한 거짓도 아니긴 했다.

이 당시에는 한시온도 강석우 피디가 편애 버전을 어떤 느낌으로 뽑아낼지 알지 못했으니까.

결과만 놓고 보자면 엠쇼에서 송출한 정상 버전과 유투브에서 송출된 편애 버전의 내용은 똑같았다.

어떤 쪽도 다른 버전의 내용을 스포하지 않는다.

하지만 정상 버전이 전 연령 시청자의 니즈를 맞추기 위해 노력했다면, 편애 버전은 명백히 티티를 겨냥한 콘텐츠였다.

그건, 성공적이었고.

-덕질용 콘텐츠에 돈을 활활 태우는 흔한 아이돌.

덕분에 이런 내용으로 영업이 시작되기도 했다.
틀린 말은 아니었다.
아이돌 그룹들은 덕질용 콘텐츠를 많이 만들려고 하는 편이지만, 이번 경우는 사이즈가 다르다.
일단 프로그램 자체가 자체 제작이고, 자체 제작 내에서도 팬용 버전을 따로 만든다.
편집 자체를 완전히 새로 했다는 게 느껴지면서, 프로그램의 흐름도 어긋나는 곳 없이 부드럽게 나아간다.
이렇게 되려면 정상 버전을 제작하는 A팀과 편애 버전을 제작하는 B팀을 나눠야 한다.
즉, 하나의 프로그램에 두 배의 제작비가 붙는다는 것이었다.
최소한 몇억은 깨지는 일이었다.
처음 편애 버전은 티티 위주로 소비되었다.
하지만 시간이 흐르자, 한시온조차 상상하지 못했던 이들이 벌어졌다.
"수한이. 너는 여기서 어떻게 할 거야?"
"어……. 전 마이너 코드를 썼을 것 같아요. 아무래도 실패에 대한 감정이 우선되는 라인이니까요."

"그치? 근데 왜 한시온 작곡가는 메이저 코드를 썼을까?"

이게, 일종의 교보재가 되어 버린 것이었다.

한시온은 자타가 공인하는 천재다.

심지어 대중들도 이제 완벽히 받아들이고 있었다.

세달백일의 한시온은 뭔가 다르다는 걸.

하지만 그 누구보다 이걸 크게 받아들이는 이들은 음악 제작 산업에 있는 플레이어들이었다.

그들은 한시온이 〈The First Day〉를 만들 때쯤 한시온을 인정했으며, 〈STAGE〉를 만들 때쯤 한시온을 존경했다.

그 이후 GOTM과 협업을 한다든가, 이런저런 음악을 만들 때는 경애하기 시작했다.

진짜 실력자들은 질투도 안 했다.

질투란 감정은 넘볼 수 있을 때 피어나는 거니까.

그냥 쟤는 외계인이다.

그러니 외계인의 신문물을 배우자.

이런 반응들이 만연했던 것이었다.

그러니 편애 버전의 역전세계 1화가 얼마나 달콤한 교보재였겠는가?

심지어 이런 반응은 교육 쪽에서 치열했다.

새로운 아이돌 그룹을 제작 중인 엔터테인먼트는 세달

백일의 관계성에 집중했다.

그들이 곡을 작업하는 걸 보면 정말 아이돌 팀 프로젝트의 정석이라고 해도 과언이 아닐 만큼 깔끔하다.

감정적으로는 전혀 부딪치지 않고, 오직 의견만 교류하니까.

그래서 굳이 작곡과 무관한 아이돌 그룹에게도 엔터테인먼트에서 이 영상을 많이 보여 줬다.

실용음악 학원은 말할 것도 없는 이야기였다.

이렇게 이상한 방향으로 편애 버전이 인기를 얻기 시작했다.

이는 한시온도 상상하지 못했던 방향이었다.

* * *

역전세계가 대박을 치고 있었지만, 그 못지않게 사람들이 관심을 가지고 있는 부분이 있었다.

본업으로돌아온사오이.

줄여서 본돌사.

본돌사의 명예 졸업전이 그것이었다.

역전세계 1화가 방송되는 주에 3주 연속 우승을 차지하는 본돌사의 모습이 그려졌다.

그러면 2주 뒤에 명졸전이 벌어지는 거다.

물론 이건 방송 기준이었다.

명졸전의 촬영일은 오늘이었으니까.

양정태 피디는 촬영을 준비하면서 오늘 방송분이 정말 대박을 칠 거라고 확신했다.

처음에는 문제가 좀 있었다.

그 누구도 본돌사의 명졸을 막겠다고 나서지 않았기 때문이었다.

그동안 킵해 놓은 실력자들에게 섭외 연락을 쭉 돌렸음에도 다들 이런저런 핑계를 댄다.

모두가 알고 있는 것이었다.

한시온을 이기는 건 정말 쉽지 않다는 걸.

이를 다른 방향으로 해석하자면, 드디어 다들 한시온을 제대로 바라보고 있는 것이었다.

그래도 아이돌이잖아.

팬들의 신격화가 좀 있지 않겠어?

진짜 현장에서도 그렇게 잘한대?

이런 이야기가 싹 사라졌다.

한시온의 작곡 능력이 인정받은 지는 꽤 됐지만, 보컬 능력이 완벽히 인정받은 것은 이 시점이었다.

처음엔 양정태 피디도 좀 난감했었다.

이러다가 명졸전에 약한 라인업이 깔린다면?

시청자들은 사정을 모르고, 한시온을 위해 제작진이 손

을 썼다고 생각할 것이었다.

그러나, 구원의 손길이 내려왔다.

-성한이 형이랑 창현이 형이 그러더라고요. 세달백일은 진짜배기들이고, 한시온은 외계인이라고.

주성한, 박창현과 함께 도주박의 일원이자, 보컬의 신이라고 불리는 도재욱.

그가 한시온과 한번 붙어 보고 싶다며 명졸전에 참여한 것이었다.

용감하고 멋진 선택이었다.

도재욱은 이미 명예 졸업을 성공한 이였으니까.

그러니 사실 여기서 붙어서 얻을 건 없었다.

그럼에도 불구하고 도재욱은 출연을 오케이 했고, 양정태는 마음을 단단히 먹은 상태였다.

한시온과 도재욱, 둘 중 누가 탈락하더라도 프로그램으로 어마어마하게 띄워 주겠다고.

그렇게 본돌사 명졸이 걸린 촬영이 시작되었다.

* * *

도재욱은 본인이 대단한 재능을 가지고 있다는 확신이

있는 사람이었다.

얼핏 듣기에는 연예계에 뛰어든 모두가 그럴 것 같지만, 실제로는 그렇지 않다.

자신의 일에 순도 100%짜리 확신을 가지고 있는 이들은 드물다.

오히려 '이렇게 사람들이 좋아해 주는 걸 보니 내가 재능이 있는 건가?'의 감정을 품는 이들이 훨씬 많다.

물론 재능도 없으면서 재능이 있다고 착각하는 이들도 있지만.

어쨌든 도재욱은 굳건한 자기 확신을 가지고 있었기 때문에 외부 환경에 구애받지 않았다.

특정 사운드가 유행하면 마음껏 가져다 썼다.

특정 장르가 유행하면 적극적으로 차용했다.

특정 발성법에 대한 대중들의 호감도가 높다면, 바로 익혔다.

그렇기 때문에 2000년대 초반에 등장한 도재욱을 세대마다 다르게 기억하는 것이었다.

누군가는 소몰이 창법이라 불리는 발성법을 내세운 도재욱을 기억하고, 또 누군가는 담담히 부르는 도재욱을 기억했으니까.

이게 도주박이라는 대한민국 3대장 중, 도재욱이 1위인 이유였다.

단순히 노래 실력만 놓고 보면 사실 세 사람은 별 차이가 없었다.

취향 차이에 가깝다.

하지만 주성한과 박창현이 스스로의 실력을 믿지 못하고 헤맬 때도 도재욱은 자기 확신으로 가득했다.

그게 큰 차이를 만들어 낸 것이었다.

이런 도재욱이다 보니, 당연히 세달백일에 대해서 알고 있었다.

그들이 등장했던 커밍업 넥스트까지는 보지 않았지만, 이후의 행보들은 유심히 관찰했다.

누가 뭐래도 주간 차트와 월간 차트에 가장 많은 곡을 올린 그룹이 아니던가?

트렌드를 빠르게 흡수하고 싶어 하는 도재욱 입장에서는 관찰 대상이었다.

그렇게 내린 결론은 한시온의 지휘 아래 활동하는 세달백일이 뛰어난 뮤지션이라는 것이었다.

하지만, 뛰어난 보컬리스트는 아니다.

물론 한시온은 훌륭하다.

그가 만들어 내는 소리는 도재욱이 그 나이 때 하지 못했던 것들이니까.

하지만 빛나는 재능만 있을 뿐, 깊이는 없다.

당연했다.

깊이라는 것은 시간이 흘러야지만 나오는 것이니까.

도재욱은 그렇게 결론을 내렸지만, 상황이 좀 묘해졌다.

한시온의 노래 실력이 말도 안 되게 성장하기 시작하는 것이었다.

이에 자극을 받은 세달백일도 역시.

특히 일 년이 넘어가는 순간, 한시온은 믿을 수 없는 퍼포먼스를 뽐냈다.

이 부분은 도재욱이 알 수 없는 것이지만, 그 일 년은 '튜닝 시간'이었다.

새로운 회차의 음색을 가다듬고, 소리에 윤을 내는 시간.

그때부터 도재욱은 한시온이 보통 사람이 아니라고 느꼈다.

따지고 보면 도주박 중 한시온을 가장 먼저 주시한 이가 바로 도재욱이었다.

그럼에도 도재욱이 한시온과 작업을 한다든가, 콜라보레이션을 하지 않은 건 일말의 불안감 때문이었다.

'우리 둘이 한 트랙에서 붙으면 내가 이길까?'

질 거라고 생각하진 않지만, 이길 거라는 확신도 없다.

게다가 세달백일은 지나칠 정도로 작업량이 많아서, 외부 가수들과 협업을 하지도 않고.

그러다가 주성한의 연락을 받았다.
한시온의 명졸전에 출연해 보는 게 어떻겠냐는 의견.
처음엔 리스크만 있는 게임에 뛰어들 이유가 있나 싶었지만, 주성한의 말은 좀 달랐다.

"이십 대 초반의 가수에게 이런 말을 하는 것도 웃기지만, 그 친구는 거장이야."
"거장이요?"
"그 친구의 눈에 들면, 다음 세대의 음악에 한 발 걸칠 수 있을 거야. 세달백일, GOTM, 혹은 빌보드의 노장들이 그러했던 것처럼."

바이올린 연주자들이 뉴욕 필 하모니의 마에스트로에게 눈도장을 찍고 싶어 하는 건 당연한 일이다.
그래야 일류에 올라서고, 세계로 나아갈 수 있으니까.
그리고 주성한은 똑같은 이야기를 하고 있었다.
한시온과 인연을 만들라고.
과감하게.

"네가 이기면 이기는 대로 좋을 거고, 지면 지는 대로도 좋을걸?"
"지는데 뭐가 좋습니까?"

"향상심 있게 달려든 거잖아. 한시온을 상대로. 분명 좋게 볼 거야."

주성한이 하는 말 속에 담긴 뉘앙스가 참 이상했다.

마치, 도재욱이 도전자이고 한시온이 챔피언인 것 같았으니까.

최고 수준의 재능과 실력을 가진 건 알겠는데, 그래도 그 정도인가?

나 도재욱인데?

이런 생각이 안 들 수가 없었다.

그래서 도재욱은 마싱의 출연을 결정했다.

주성한의 충고는 논외였다.

그는 한시온에게 잘 보이기 위해서라기보다는, 진짜 향상심을 가지고 출연을 결정한 것이었다.

그러면서 본인의 속내도 깨달았다.

지금껏 한시온을 고평가했지만, 내려보면서 평가했다.

즉, 자신보다는 못하지만 차세대 최고의 보컬이 될 거라고 생각했었다.

그걸 확인해 볼 시간이었다.

그렇게 첫 번째 관문은 복면왕을 차지하는 것이었다.

복면왕을 차지해야지, 한시온과 명졸전을 치를 수 있으니까.

복면왕을 차지하는 건 쉬웠다.

"도재욱 아니야?"

"맞아. 저거 도재욱이야."

"도멘이 마싱에 나왔다고……?"

"이러면 한시온이랑 붙는 거야?"

1라운드가 끝나자마자 방청객들이 술렁거렸다.

도재욱의 음색은 유니크해서, 일부러 속이지 않는 이상 티가 날 수밖에 없었다.

그리고 도재욱은 음색을 속이지 않았다.

차라리 사람들이 다 알길 원했지.

그렇게 3라운드가 끝났을 때, 도재욱은 너무나 손쉽게 복면왕을 차지했다.

이제 한시온, 아니 본돌사의 명졸전이었다.

* * *

명예 졸업을 저지하기 위해 등장한 〈오직하나만〉이 도재욱이라는 건 진작 깨달았다.

1라운드를 듣자마자 100% 확신했으니까.

사실 난 도재욱과 별다른 인연이 없다.

2회차인가, 3회차 쯤에 같이 작업을 해 본 게 전부인 것 같다.

아, 포더유스 시절에도 한 번 피처링을 받은 적이 있다.

그게 6회차인가, 7회차인가.

아무튼 내가 도재욱과 인연이 없는 이유는 간단했다.

도재욱은 재능으로 똘똘 뭉친 보컬이라서 옆에서 뭘 배우기가 힘든 사람이다.

그러니 보컬의 역량을 키우던 회귀 초창기 때 크게 얽힐 일이 없었다.

미국에서 긴 회차를 보내고 마침내 완성된 보컬리스트가 됐을 때는 도재욱이 필요치 않았다.

그가 못한다는 게 아니라, 애초에 한국 활동을 안 했으니까.

한국인 피처링이 필요했다면 차라리 월드 스타가 되는 LMC나 프라임 타임을 가져다 썼지.

뭐, 나중에는 그쪽 팬덤이 싫어서 쉽지 않은 일이 됐지만.

아무튼 그런 관계로 도재욱과는 큰 인연이 없었지만, 나는 도재욱이 대한민국에서 최고의 재능이라고 생각한다.

재능만 따지고 보면 세달백일 멤버들은 비교도 못한다.

이는 세달백일 내에서 최고의 재능을 가지고 있는 구태환도 그렇다.

아마 도재욱이 나랑 동갑이었고, 그 재능으로 내가 써

먹기 위해 꾸준히 트레이닝 시켰다면?

빌보드에서 무조건 먹히는 보컬이 됐을 것이었다.

하지만 그러기에는 나이 차이가 너무 컸고, 이미 성공한 사람이었다.

내가 제시하는 하드 트레이닝을 따라올 리가 없다.

'조금만 바꾸면 될 텐데.'

저 사람의 재능은 진짜지만, 너무 많은 장르를 섭렵하는 바람에 기준점이 모호하다.

게다가 본인이 이미 완성됐다는 착각도 하고 있다.

물론 폄하당할 위인은 아니다.

내가 아쉬운 점만 꼬집는 것은, 그것만 고치면 제대로 완성되는 보컬이기 때문이었다.

난 그런 생각을 하며 도재욱이 부르는 노래를 들었다.

명졸전은 도전자인 그 회차의 복면왕이 먼저 노래를 부르기 때문에, 도재욱이 선공이다.

도재욱이 부르는 노래는 굉장히 훌륭했다.

확실히 익숙하면서 낯선 맛을 내는 데 도가 텄다.

어떻게 들으면 한국인들이 좋아하는 케이팝의 정서가 느껴지는데, 또 어떻게 들으면 빌보드 팝 같으니까.

하지만…….

'저렇게 할 수 있으면 차라리 장르 색채를 버리는 게 낫지 않나?'

보컬이 최고 수준에 오르면 보컬의 이름이 장르가 된다.

나도 그렇다.

무한회귀에 지쳐서 짧은 텀으로 회귀를 반복할 때 말고, 7~8년씩 꾸준히 활동할 때면 '자이온 팝'이란 명사가 만들어졌다.

내가 발표하는 노래가 주는 느낌이 하나의 장르가 된 것이었다.

도재욱은 그렇게 할 수 있는 사람인데, 그렇게 해도 된다는 걸 모른다.

아무래도 후배에게 답을 좀 알려 줘야 할 것 같다.

나보다 신체적 나이는 많지만, 가수 짬밥으로 따지자면 몇백 년은 차이 날 거니까.

그때쯤 도재욱의 무대가 끝났고, MC가 질문을 던졌다.

본돌사를 매번 한시온이라고 부르면서 반응을 보는 건, 이제 하나의 콘텐츠가 됐다.

물론 난 끝끝내 부정하고 있었고.

이번에도 마찬가지였다.

"자, 한돌사님. 무대는 어떻게 보셨나요?"

"어, 음. 한돌사요?"

"아, 본돌사죠. 그렇다면 본돌사. 이번 경연을 이기고 명예 졸업을 차지할 자신이 있습니까?"

"물론이죠."

"경쟁자의 무대에 대한 감상은 어떻습니까?"

"아, 노래 그렇게 하는 거 아닌데."

내 말에 방청객들이 웃음을 터트렸다.

보통의 경우 아이돌이 도재욱을 보며 이런 말을 하면 욕을 먹을 것이었다.

하지만 지금은 괜찮다.

일단 본돌사의 컨셉 자체가 그렇다.

어떻게든 아이돌인 티를 안 내려고 발악하는 컨셉이다.

모두가 본돌사가 나라는 걸 알고 있기에 오히려 재밌는 컨셉이다.

게다가 도재욱의 무대는 이리 보고 저리 봐도 훌륭했다.

애매한 무대에 이런 말을 했다면 상대를 무시했다고 욕을 먹을 수도 있지만, 도재욱이 보여 준 수준의 무대는 아니다.

게다가 대부분의 방청객들이 〈오직하나만〉을 도재욱이라고 확신하니 더더욱 그렇다.

하지만 놀랍게도 내 말은 진심이었다.

노래는 그렇게 하는 게 아니다.

특히 저 정도 재능을 가졌는데, 저렇게 안전하게 노래하다니.

재능이 아깝다.

그러니 정말 노래를 어떻게 해야 하는지를 알려 줄 생각이었다.

"본업으로 돌아온 사오이의 명예 졸업이 달린 무대! 시작합니다!"

* * *

본돌사의 명예 졸업전이 걸린 회차의 첫 번째 에피소드가 방송되었다.

한 번에 녹화된 분량을 두 번에 나눠서 방송하니, 본돌사의 명예 졸업에 대한 결과는 다음 주에 알 수 있다.

하지만 그래도 관심은 적지 않았다.

과연 한시온에 대적하기 위해 세팅된 라인업은 누굴까?

어떤 강자가 본돌사의 명졸에 대적할까?

답은 금방 나왔다.

-야 미친 도재욱이잖아???
-ㅋㅋㅋㅋㅋㅋㅋㅋㅋㅋㅋㅋㅋ
-와 재욱이 형!
-도멘이 무슨 일이야?

-도재욱이 한시온 싫어하냐? 이걸 기어코 나와서 앞길을 막네.

사람들은 금방 도재욱을 알아봤고, 엄청난 흥미를 가졌다.
이전 세대 최고의 보컬리스트인 도재욱.
현 세대 최고의 보컬리스트인 한시온.
둘이 붙으면 누가 이길지에 대한 갑론을박이 시작된 것이었다.
여론만 놓고 보면 도재욱이 우세였다.

-한시온 ㅈㄴ 잘하는 거 아는데, 도멘이 지는 건 상상이 안 되는걸?
-막말로 현시점을 기준으로 대한민국 보컬 1, 2위 뽑는 자리 아님?

최근 한시온이 무서운 속도로 주가를 올렸지만, 도재욱이 그동안 보여 준 게 워낙 많기 때문이었다.
솔로 보컬리스트의 앨범 판매량 1위는 도재욱이 9년 전에 기록한 그대로다.
그렇게 도재욱의 학살 쇼로 첫 번째 에피소드가 마무리되었고, 마싱의 팬들은 손꼽아 다음 주를 기다렸다.

그렇게 찾아온 다음 주.
도재욱은 손쉽게 복면왕을 차지했다.

-야 근데 탈락자들 보니까 명졸전치고 라인업이 좀 약하다?
-괜히 한시온 도재욱에 등쌀 터지지 말라고 아껴 놓은 거 아닐까?
-ㅇㅇㅇ 솔직히 도재욱 나오는 회차에 출연시키기에는 카드들이 좀 아깝지.

도재욱이 없었다면 한시온 밀어주기 이야기도 나왔겠지만, 그런 이야기는 전혀 없었다.
그렇게 명예 졸업전이 시작되었다.
결론만 말하자면…….
"본업으로 돌아온 사오이는!"
"한시온 씨였습니다!"
본돌사는 명예 졸업을 차지했다.
결과도 놀라웠지만, 결과보다 놀라운 건 과정이었다.
도재욱은 훌륭했다.
대중들이 익히 아는 그 모습이었고, 어떤 면에선 더 뛰어나기도 했다.
오랜만에 브라운관에 등장했기 때문에 느껴지는 후광

효과가 있는 것이었다.

　-도주박, 도주박 해도 원탑은 역시 도멘인 듯ㅋㅋㅋㅋ
　-;; 무대 지리는 거 봐라.
　-와 노래 개맛있다ㅋㅋㅋ
　-음원 차트 1위 확신한다
　-이거 한시온이 이길 수 있냐?
　-못 이길 거 같은데.
　-흠. 이럴 때마다 개바르는 힙시온이지만 이건 도저히 상상이 안 되긴 한다.
　-ㅇㅇㅇ 나도
　-명졸 실패하면 온새미로, 구태환 〉 한시온 서열 정리 되냐
　-되겠냐ㅋㅋㅋㅋ

일방적인 반응 속에서 드디어 본돌사의 무대가 시작되었다.

한시온은 특별한 모습을 보이지 않았다.

편곡에 힘이 꽉 준 것도 아니었고, 특이하면서도 낯선 무언가를 꺼내 온 것도 아니었다.

그냥, 노래를 불렀다.

어떻게 보면 도재욱과 비슷한 느낌의 노래였다.

도재욱은 2000년대 초반의 발라드를 록으로 바꿔서 불렀는데, 한시온도 마찬가지였으니까.

하지만 뭔가 달랐다.

도무지 언어로 표현할 수 없는 느낌이었지만, 정말로 뭔가 달랐다.

그나마 현업으로 음악 제작 산업에 종사하는 이들은 흐릿한 이유를 찾아냈다.

'미친놈인가. 어떻게 같은 음을 저렇게 다이내믹하게 쓰지.'

똑같은 음으로 부르는 노래라고 하더라도 가사에 따라서 느낌이 바뀌는 건 어쩔 수 없다.

'안녕'이란 단어와 '최고'라는 단어가 같은 E 플랫이라고 하더라도, 사람들의 귀에는 다르게 들린다.

치찰음(치아와 공기의 마찰에 의해 발생하는 소리)의 차이 때문이었다.

특히 ㅊ, ㅌ, ㅍ 같은 모음들이 치찰음을 많이 내는 편이었고.

그렇기 때문에 최상급 작사가 존재하는 것이었다.

사실 노래에 가사를 붙이는 건 누구나 할 수 있다.

유치하지 않고 그럴듯하게 붙이는 것도 공부만 한다면 어렵지 않다.

하지만 그게 멜로디에 딱 들어맞는 건 쉽지 않다.

멜로디를 돋보이는 발음으로 유려한 가사 전개를 만들 수 있는 이들이 일류 작사가였다.

그런 이들의 손에서 피어난 곡들이 보통 명곡이 됐고.

하지만 한시온에게는 해당 사항이 없는 듯했다.

그는 같은 음으로, 같은 발음을 하더라도, 다른 느낌을 만들 수 있다.

어떻게 하는 건지는 봐도 봐도 모르겠다.

하지만 해내고 있다.

그러니 노래가 주는 감칠맛의 수준이 다를 수밖에 없었다.

그뿐만이 아니었다.

목소리가 만들어 내는 음압도 가지고 논다.

이는 단순히 가사 의미에 따라 세게 부르고, 여리게 부르고를 뜻하는 게 아니다.

단어 하나하나, 호흡 하나하나의 온도가 다르니까.

결과적으로 한시온은 당연하다는 듯이 도재욱을 꺾었다.

이러한 결과는 화면 속 현장 투표 점수로도 알 수 있었다.

68 대 32.

도재욱의 무대가 방송될 때만 해도 도무지 패배하는 게 상상되지 않았는데, 한시온이 노래를 부르는 순간 모든 게 달라졌다.

그 이후, 본돌사는 가면을 벗었고 잘생긴 얼굴을 보여 주었다.

"개사기네."

저 재능에, 저 실력에, 저 얼굴이면 진짜 사기다.

그렇게 사람들은 다시 한번 현실을 직시했다.

의심하지 마라.

한시온은 뭔가 다르니까.

* * *

명졸전에 방송되자마자 주변이 시끌시끌해졌지만, 난 관심을 끊었다.

어차피 TV에만 어제 방송됐을 뿐, 촬영 자체는 2주 전에 끝난 일이니까.

다만 재미있는 건, 촬영이 끝나고 다가온 도재욱이었다.

도재욱은 듣는 귀가 있었다.

일반 대중들은 도재욱과 내 차이를 언어로 표현하지 못했고, 현업의 종사자들은 그럴듯한 소리만 해 댔다.

틀린 말을 했단 소리는 아니지만, 노래의 차이를 만들어 내는 킬링 포인트를 짚은 사람은 거의 없었다.

하지만 도재욱은 명백한 차이를 만들어 내는 부분을 단

번에 인식했다.

"한시온 씨. 어떻게 그걸 다 같은 호흡으로 불렀어요?"

"선배님도 하시지 않나요?"

"하기야 하지. 내 말은 그걸 어떻게 의도했냐는 말이에요."

도재욱쯤 되는 보컬이면 '베스트 파트' 자체는 나랑 별 차이가 없다.

하지만 나는 곡의 전체를 베스트 파트로 채울 수 있고, 도재욱은 운 좋게 몇 개가 얻어걸리는 것뿐이다.

난 최대한 공손한 언어로(어쨌든 선배니까) 노하우를 알려 줬고, 도재욱은 연신 감탄하다가 내 손을 붙잡고 부탁을 건넸다.

"내 앨범 좀 프로듀싱 해 주면 안 돼요?"

아이돌의 프로듀싱 멤버가 명실상부 대한민국 최고 보컬의 앨범을 프로듀싱 한다는 것은 재미있는 일이다.

하지만 그게 나한테 가치를 가지려면 좀 더 빨랐어야 했다.

애석하게도 현재 난 GOTM의 앨범을 제작하는 중이니까.

그래서 공손한 태도로 거절했는데, 도재욱은 포기하지 않을 것 같은 느낌이었다.

이러다가 삼고초려 한다고 찾아오는 건 아닐까 모르겠다.

그렇게 사오이에서부터 시작된, 얼굴을 가린 캐릭터 쇼

가 끝이 났다.

아, 정확히 말하자면 사오이가 출발 지점은 아니다.

엄밀한 출발 지점은 보니와 로니의 팟캐스트에 보냈던 'QG의 구린 곡'이었던 것 같다.

생각해 보니 그 노래는 로니에게 어울리는 가수를 한번 찾아보라고 맡겼었다.

로니는 음색을 듣는 재능이 있는 사람이었으니까.

최재성과 내 음색이 잘 어울린다는 이야기도 했었고, 온새미로와 구태환의 투 피치 보컬이 듣고 싶다는 이야기도 했었다.

로니의 이야기는 아마 세달백일의 다음 앨범에 반영될 수도 있다.

아직 확실한 건 아니지만, 일단 그런 생각은 하고 있다.

하지만 지금 내가 당장 집중하는 건 세달백일이 아니라, 한시온의 개인 활동이었다.

GOTM의 앨범 작업.

수도 없는 앨범을 만들어 왔고, 폐기를 시켜 왔고, 릴리즈를 해 왔다.

하지만 앨범을 만들 때마다 느껴지는 화학 작용은 여전히 정복하지 못했다.

진짜 과학적인 화학 작용을 말하는 게 아니다.

똑같은 실력의 기타리스트와 보컬리스트가 1주일 간격으로 똑같은 앨범을 두 번 녹음한다면 그건 같은 앨범일까?

내 대답은 '아니다'였다.

이해할 수 없는 케미스트리 때문에 다른 곡이 나온다.

화성학적으로는 같지만, 청자에게 주는 느낌이 다르다는 것이었다.

난 이 부분을 정복하지 못했고, 그렇기 때문에 2억 장을 팔지 못했는지도 모른다.

하지만 이 부분을 정복하지 못했기 때문에 여전히 음악은 나에게 재미를 준다.

모든 걸 다 아는 건 재미가 없으니까.

"……."

그런 생각을 하다가 스스로에게 설핏 놀랐다.

과거에는 내가 아직도 모른다는 부분이 있다는 것에 화가 났었는데, 지금은 아니니까.

"뭐 해?"

그때 스티브 립그렌이 내 어깨를 툭 치며 연습실 겸 작업실로 들어왔다.

어이없지만, 스티브 립그렌에서 나온 것은 'What r u doing'이 아니었다.

진짜 한국어로 '뭐 해'라고 물었다.

이 녀석의 한국어 실력이 왜 날이 갈수록 늘어나는지 모르겠다.

언젠가 보니까 존 스카이랑 스티브 립그렌이랑 둘이 태블릿으로 한국 예능을 낄낄거리면서 보고 있더라.

상황이 이렇다 보니 앤드류 건과 데이브 로건도 한국어를 배워야 하나 고민하는 것 같았다.

연습실에는 매일 같이 만나는 게 GOTM과 세달백일인데, 립그렌이랑 스카이가 자꾸 한국어를 쓰니까 소외되는 기분이 든다나.

하지만 내가 보기에 앤드류 건이나 데이브 로건은 한국어를 못 배울 거다.

둘은 영어를 어떻게 하는지조차 의심스러운 멍청이들이니까.

"다른 애들은 어디 갔어?"

"금방 와. 편의점 털러 갔어."

발음 자체는 더듬더듬한 외국인이었지만, 편의점을 턴다는 표현은 꽤 한국인 같다.

정말 다시 봐도 어이가 없다.

아무튼 앨범을 작업하면서 느끼는 케미스트리는 매번 다르다.

하지만 이번엔 느낌이 좋다.

뭔가 대박이 날 것 같다.

재미있는 건 GOTM도 이것을 느꼈기 때문에 내 지옥 같은 디렉팅을 꾹 참고 따라온다는 것이었다.

데이브 로건이 열받아서 기타를 몇 개 해 먹었지만, 이 정도면 양반이다.

과거에는 나랑 곡 하나를 녹음할 때마다 꼭 기타를 부쉈으니까.

뭐, 폭력적으로 꽝꽝 휘두른다는 건 아니다.

본인의 분을 참지 못해서 기타 넥을 뒤트는 것에 가깝다.

그런 생각을 하고 있을 때쯤, GOTM 멤버들이 돌아왔고 연습이 시작되었다.

그 뒤로는 세달백일 멤버들이 합류했다.

같은 공간에 있지만, 전혀 상관없는 각자의 연습을 시작한다.

어느새 서로가 서로를 백색 소음 정도로 여기는 모양이었다.

그렇게 세 시간 정도가 흘렀을 때, 존 스카이가 입을 열었다.

"시온."

"왜?"

"네 팀원들, 저 정도면 완성된 거 아니야?"

"완성되어 가는 중이지."

"몇 점?"

"80점보단 높고 85점보단 낮아."

"그거밖에 안 준다고?"

모르는 소리다.

100점을 받으려면 보컬 개개인이 빌보드 상위 0.1%가 되어야 하고, 그러면서도 팀으로 뭉쳤을 때 시너지가 나야 한다.

결코 쉬운 일이 아니었다.

"그럼 우리는 몇 점이야?"

"라이브로 치면 70점 이하지."

"……."

"대신 레코딩으로 들어가면 너흰 100점도 가능해."

레코딩은 수도 없이 반복할 수 있다는 장점이 있다.

그리고 GOTM은 내가 수도 없는 회차에서 고르고 고른 빛나는 재능을 가지고 있는 이들이다.

아직 완전히 몸에 익지는 않았지만, 가끔씩 들려주는 소리는 환상적이다.

그 환상적인 소리를 매번 낼 수 있다면, 이번 세대의 가장 뛰어난 밴드는 GOTM이 될 거다.

그런 생각을 하다가 문득 드는 의문에 존 스카이를 향해 입을 열었다.

"네가 듣기에는 세달백일 멤버들 중에서 누가 제일 뛰

어나?"

"……잘난 척하고 싶은 거야?"

뭔 소리인가 하다가 고개를 저었다.

"난 빼고."

"흠. 그렇다면……."

존 스카이는 의외의 대답을 꺼냈고, 난 새겨들었다.

그 뒤로 GOTM의 멤버들에게 똑같은 질문을 던졌다.

키보디스트인 스티브 립그렌을 제외한 이들의 대답은 똑같았다.

스티브 립그렌의 대답이 다른 건 아무래도 키보드라는 악기의 특수성 때문인 것 같았다.

그들의 입에서 나온 이름은 최재성이었다.

* * *

한 달이라는 시간이 쏜살같이 흘렀다.

그리고 이 한 달은 왕성한 외부 활동을 보이던 세달백일이 완벽히 몸을 숨긴 시간이었다.

라디오에 쉬지 않고 출연하던 구태환도, 예능에 주기적으로 얼굴을 보이던 이이온새미로도, 부캐로 대단한 활약을 보이던 한시온도.

아무도 보이지 않았다.

사람들은 막연히 세달백일이 휴식을 취하는 중이라고 생각했다.

하지만 휴식은 없었다.

그들은 치열하게 본인이라는 악기를 갈고닦고 있었다.

이는 한시온을 객원 보컬 삼아 정규 1집 앨범을 준비하는 GOTM 역시 마찬가지였고.

그렇게 다시 열흘이란 시간이 흘렀을 때, 드디어 GOTM의 1집 앨범이 완성되었다.

"시온. 이 인트로 샘플링은 뭐야? 영화 대사인가?"

"잠깐. 한국어 하는 애들은 입 닫아 봐."

한시온의 말에 존 스카이, 스티브 립그렌, 앤드류 건이 입을 다물었다.

즉, 이제 한국어를 못하는 건 기타리스트 데이브 로건밖에 없었다.

데이브 로건이 불편한 표정으로 입을 열었다.

"왜."

"로건. 네가 듣기에 이 인트로 샘플링이 어때? 네 입장에서는 외국어잖아."

놀리려는 게 아니라는 걸 깨달은 데이브 로건의 얼굴이 펴지고, 진지하게 생각에 잠겼다.

대답은 빨랐다.

"우리 앨범이랑 잘 어울려. 피치를 좀 만진 거지?"

"아냐. 피치 자체는 안 만졌어. 그래도 믹싱을 상당히 많이 했지."

"뭔가 화가 난 것 같기도 하고, 복수를 다짐하는 것 같기도 하고……. 앨범이랑 결이 맞아."

"이 샘플링은 내가 사리사욕을 위해 넣은 거야. 하지만 너희 앨범에 잘 어울릴 거라는 생각도 있었어. 이걸 정식 앨범에 포함해도 될까?"

"난 좋은데? 근데 네 이름이 들리던데? 한, 시, 온. 맞지?"

"맞아. 이건 누군가 나에게 했던 전화를 녹음한 거야."

"그래? 무슨 내용인데?"

"앨범 발매하면 알려 줄게."

그렇게 GOTM은 완성된 앨범을 HR 코퍼레이션에 보내고 발매 일정을 잡기 시작했다.

하지만 그보다 빠르게 발매된 곡이 있었다.

⟨Self-portrait(자화상)⟩.

래퍼 최재성이 처음으로 발매하는 곡이었다.

        * * *

큰 인기를 지닌 모든 아이돌 그룹이 그렇듯, 세달백일

에게도 극단적인 성향을 지닌 팬들이 있었다.

이런 이들은 여러 가지 부류로 나누어지는데, 일반 대중들에게 가장 유명한 건 사생일 것이었다.

얼핏 보기에 세달백일은 사생에게 취약한 아이돌 그룹일 것 같은 느낌이 있다.

사는 곳도 경비가 철저한 고급 아파트 단지가 아닌 단독 주택이며, 매니저 없이 활동할 때도 많으니까.

하지만 실제로는 전혀 그렇지 않았다.

아무리 한국에 많이 적응했다고는 하지만, 한시온은 미국에서 셀럽으로 어마어마한 시간을 보낸 사람이다.

그가 생각하는 '보안'이라는 단어는 보통 한국인의 그것과는 차원이 달랐다.

그래서 숙소 생활을 시작한 초반에는 세달백일 멤버들이 '경호원이 너무 많은 거 아니냐'라는 말을 한 적도 있었다.

이뿐만 아니라, 숙소에서 스케줄을 나갈 때는 외부를 통해서 나가지 않는다.

지하에 있는 주차장에서 차를 타고 나간다.

이런 시스템이 무너진 건 딱 한 번, 온새미로의 부모님이 숙소에 방문했을 때뿐이었다.

당시의 일은 한시온도 100% 상황을 파악하진 못했다.

하지만 누군가 최대호에게 돈을 받았을 확률을 염두에

두었고, 경비업체를 전원 물갈이하기도 했었다.

그 뒤로는 멤버의 부모님이든, 조부모님이든, 무조건 경호원을 통해서만 세달백일을 만날 수 있었고.

좀 웃긴 이야기지만, 파파라치 업체들 사이에서 세달백일의 난이도는 최상이었다.

한국 가수들이 하지 않는 수준의 경호를 하니까.

물론 그렇다고 해서 지금까지 아무런 문제도 발생하지 않은 건 아니지만, 세달백일 멤버들은 크게 개의치 않았다.

한시온과 같이 생활하다 보니 멘탈적으로 무덤덤해진 탓이 컸다.

한시온은 반복적인 회귀 때문에 멘탈이 갈린 사람이지만, 한편으로는 유명인이기에 겪는 스트레스에 대해서는 내성이 어마어마하게 강하다.

악플을 대하는 태도만 봐도 알 수 있었다.

워낙 오랫동안 그렇게 살아왔으니까.

이처럼 세달백일에게 사생은 별문제가 되지 않았다.

오히려 이들에게 가장 큰 문제가 되는 극단적인 팬들은 개인 팬들이었다.

그리고 개중에서도 최재성의 팬이 가장 큰 문제를 많이 일으켰다.

이해가 가지 않는 건 아니다.

그동안 그룹 활동을 하면서 최재성은 가장 많은 피해를 본 사람이니까.

한시온은 최재성을 두고 팀의 연골 같은 사람이라고 평가했지만, 그렇기 때문에 하이라이트를 맡은 적이 없다.

보통의 경우에는 '공평함의 가치'나 '팬들의 눈치' 때문에 앨범 수록곡에서 한두 트랙 정도는 최재성을 위해 할애했을 것이었다.

하지만 한시온은 음악에 있어서는 타협이 없었다.

그가 만드는 앨범은 오로지 음악적 완성도만을 위해서 존재한다.

타이틀 곡만 듣고 버리는 앨범이 아니라, 두고두고 또 듣는 앨범을 만들어야 하기 때문이었다.

회사 차원에서 〈스테이지 넘버 제로〉에 협찬을 해 우승 조건을 만족시킨다든가, 유닛 앨범을 솔로로 빼 줄 수 있었다.

하지만 앨범에서 최재성이 중심에 설 일은 없었다.

이게 최재성의 개인 팬들이 한시온을 어마어마하게 싫어하는 이유였다.

그럼에도 불구하고 세달백일의 성적이 너무나도 좋고, 스넘제에서 최재성이 우승했기에 수면 위로는 올라오지 않았다.

하지만 올해 초부터 상황이 달라졌다.

최재성이 불의의 교통사고로 당해 긴 휴식을 취하게 되면서 말이었다.

사실 팬들이 불만을 가진 건, 휴식의 시작부터였다.

SBI 엔터는 최재성의 사고에 대한 자세한 경위를 밝히지 않았고, 부상의 정도 역시 밝히지 않았다.

그냥 부상을 당했고, 완치 후에 돌아오겠다 정도의 공지였다.

온새미로의 부모가 얽혀 있는 일이기도 했고, 아직 최재성이 완전히 본인의 변화를 받아들이지 못한 순간이기에 어쩔 수 없는 부분이었다.

하지만 이게 팬들에게는 좀 이상하게 다가왔다.

그들은 최재성이 어느 정도의 부상을 당했는지도 모르고, 어떤 변화가 일어났는지도 모른다.

그러니 최재성이 병원에서 퇴원했다는 게 알음알음 알려지고, 세달백일의 자컨이나 예능에 간간이 얼굴이 걸리는데도, 아무런 활동이 없는 게 이상했다.

그 끝은 음모론이었다.

한시온이 평소 마음에 들어하지 않던, 최재성을 쫓아내기 위해 수를 쓰는 거라고.

활동을 차츰차츰 줄이다가 자연스럽게 개인 활동을 위한 임의 탈퇴로 처리할 거라고.

여기서 좀 더 나간 음모론 중에는, 최재성 대신 테이크씬의 주연을 꽂아 넣으려고 한다는 소리도 있었다.

그 시작이 테이크씬의 페이드를 내보낸 것이고.

음모론이긴 하지만, 그동안 한시온이 해 온 일들이 알음알음 찌라시를 통해서 퍼졌기 때문에 나온 말이었다.

이런 이야기가 수면 위로 올라온 건, 쇼미의 사오이와 마싱의 본돌사의 화제성이 끝난 직후였다.

세달백일이 연습실에 처박히고, GOTM이 녹음실에 처박힌 40일가량의 시간.

그동안 세달백일의 팬덤은 내부적으로 굉장히 시끌시끌했다.

한시온이나 세달백일 멤버들이 이를 모르는 건 아니었지만, 어쩔 수가 없었다.

진심은 언어로 손쉽게 설명할 수 있는 게 아니니까.

그것은 결국 최재성만이 해낼 수 있는 일이었다.

그리고 드디어 래퍼 최재성이 한시온의 기준점을 통과했다.

완성된 최재성의 벌스를 들은 한시온이 후렴을 만들었고, 온새미로가 그걸 녹음했다.

그리고······.

최재성 / Self-portrait(ft. 온새미로)

래퍼 최재성 첫 번째 싱글의 리릭 비디오가 공개됐다.

* * *

〈Self-portrait〉는 일부러 뮤직비디오 같은 비디오 액션 기법을 피했다.

시각을 현혹하면 청각이 왜곡될 수도 있으니까.

그 대신 가사가 100% 전달될 수 있도록 리릭 비디오를 만들었다.

배경 이미지는 연습실에 나란히 앉아서 환하게 웃고 있는 최재성과 온새미로.

심지어 음원 사이트를 통한 발매도 일주일을 미뤘다.

리릭 비디오를 통해 노래의 메시지를 완벽하게 전달하기 위해서.

가장 처음 이 곡을 접한 건, 당연히 팬덤 티티였다.

-업로드 알람 떴는데?
-와, 재성이 신곡인가?
-이렇게 갑자기?
-요즘 좀 시끌시끌했잖아ㅠㅠ 그래서 준비한 콘텐츠 아닐까?

최재성과 관련된 논란에 크게 관심이 없었던 이들은 이 정도 반응을 했다.

하지만 논란에 깊숙이 발을 담그고 있던 이들은 날카롭게 반응했다.

-생각보다 역풍이 거세니까 싱글 하나로 무마하려는 거ㅎㅎ 역시 한시온ㅎㅎ
-피처링도 온새미로한테 맡긴 거 봐....
-백퍼 기싸움이야....

그렇게 티티 + 유투브 구독자들 중 일부가 리릭 비디오로 향했다.

하지만 그들을 기다리고 있던 건, 정말 상상도 못했던 콘텐츠였다.

가사부터 충격적이었다.

모든 걸 노래로 만들 수는 없었기 때문에 전반부에는 건조한 내레이션으로 시작하는데, 그 내레이션은 온새미로의 목소리였다.

온새미로는 큰 감정을 담지 않고 사건의 경위와 의사의 소견을 읽었다.

그렇게 최재성의 랩이 시작되었다.

사실 처음에는 이 랩을 최재성이 한다는 걸 깨닫지 못

한 이들도 많았다.

노래와 랩은 생각보다 큰 차이가 나는 콘텐츠이고, 그들이 기억하던 최재성의 목소리는 이제 없기 때문이었다.

하지만 충격적일 만큼 솔직하고 구체적인 가사는 금방 티가 났다.

이건, 최재성이다.

최재성은 강도처럼 찾아온 불행에 대한 절망을 노래했다.

의사의 소견서는
희망이란 놈을 죽이고 묻어
Doctor, Doctor.
Does that mean,
I can't sing in the future?

온새미로 때문에 발생한 불행에 대한 억울함을 토로했다.

심지어 이 부분에는 온새미로의 부모에 대한 이야기도 있었다.

이는 온새미로가 공개를 동의한 내용임과 동시에 미래를 위한 내용이었다.

온새미로 부모의 캐릭터를 생각해 보면, 지금은 잠잠하더라도 몇 년 뒤에는 무슨 짓을 저지를지 모른다.

그러니 이건 온새미로의 각오였다.

다시는 이런 일이 발생하게 두지 않겠다는.

충격적일 만큼 솔직한 랩에 사람들은 빨려 들어갔고, 최재성의 입장에서 순수하게 분노했다.

이러한 분노는 꼭 티티가 아니더라도 그러했다.

랩이 좋다면, 랩의 화자가 하는 이야기는 생각보다도 큰 설득력을 갖는다.

지금 최재성의 목소리에는 설득력이 있었다.

하지만 그 분노가 한 번에 씻겨 나가는 부분은 후렴이었다.

온새미로는 실제로 이 부분을 녹음하면서 눈물을 흘렸었고, 한시온은 그걸 채택했다.

호흡적으로는 아쉬운 지점이 있을지라도, 노래에 그 정도 감정을 담는 건 결코 쉽지 않기 때문이었다.

결과적으로 최재성의 랩이 끝나고 등장한 후렴에는 온새미로의 고통과 후회가 담겨 있었다.

이건 온새미로가 바랐던 일도 아니니까.

그렇다면 이건 누구의 잘못인가.

부모를 잘못 만난 온새미로의 잘못인가, 친구를 잘못 만난 최재성의 잘못인가.

그 무엇도 아니었다.

그냥 불행이었다.

살면서 감기처럼 찾아오는.

물론 조금 더 생각이 뻗어 나가는 이들은 악역을 온새미로의 부모라고 생각하기도 했지만, 온새미로의 후렴을 듣고는 그런 생각을 하기 힘들었다.

그 역시 고통받고 있었으니까.

그렇게 22마디나 되는 긴 첫 번째 벌스와 12마디나 되는 긴 첫 번째 후렴이 끝났다.

충격적인 전개 때문에 멈춰 있던 리스너들의 상념이 움직일 시간이 되었다.

그렇다면 지금 왜 최재성은 랩을 하고 있나?

무슨 일이 있었던 거지?

그리고…….

최재성은 랩을 왜 이렇게 잘하는 거지?

괜히 스티브 립그렌을 제외한 GOTM 멤버들이 가장 잘하는 멤버로 최재성을 뽑은 게 아니었다.

괜히 최재성이 잊혀진 회차에서 AMA의 프레쉬맨 싸이퍼에 출연했던 것이 아니었다.

그는 정말로 재능이 있었다.

이에 대한 대답은 2절에서 이어졌다.

1절이 고통과 절망에 대해 이야기했다면, 2절은 희미한 희망과 노력에 대한 이야기였다.

시온 형의 말을
믿을 순 없었지만,
걸어 볼 수밖에 없었지
내가 가진 유일한 판돈

한시온이 최재성의 랩을 들으며 감탄했던 부분은, 그가 모음과 연음이 주는 느낌을 본능적으로 이해하고 있다는 것이었다.

가사만 보면 딱히 라임이랄 게 보이지 않는 구간에서도, 모음과 연음의 비정형적 변화를 통해서 리듬감을 이루어 낸다.

이건 전성기 시절 지구상에서 랩을 가장 잘한다고 평가받던 NAS의 특기이기도 했다.

그렇게 2절로 나아갔고, 2절의 끝은 최재성이 랩에 대해 확실한 도전 의식을 갖는 것으로 끝이 났다.

다시 한번 등장한 온새미로의 후렴은 형식적으로는 똑같았으나, 감정이 달랐다.

앞선 후렴에서는 고통과 후회만 있었다면, 이번에는 최재성의 성취에 대한 응원이 담겨 있었다.

3절은 노래의 끝이었다.

사오이의 쇼미 우승 이후, 보다 본격적인 목표를 가지고 달려가는 최재성.

그리고 솔직한 가사를 공유함으로써 할 수 있었던 온새미로와의 공감과 용서.

즉, 이 노래를 만들면서 생겨난 모든 감정들이 3절에 들어가 있었다.

그렇게 도착한 노래의 마지막을 결정짓는 건 최재성의 역할이 아니었다.

이걸 듣고 있는 리스너들의 역할이었다.

그래서……
이 노래는 어때?

후렴도 없이 이 말과 함께 노래가 뚝 끝나 버린 것이었다.

당연한 이야기지만, 래퍼 최재성의 첫 번째 솔로 곡은 어마어마한 반향을 일으켰다.

* * *

쇼 비즈니스.

대중에게 보여 주는 것을 통해 태어난 이 산업에는 한 가지 룰이 있었다.

바로, 불편함을 내비치지 않는다는 것이었다.

겉으로 보이는 아름다움을 위해서는 마땅히 감당해야

할 고통이 있다.

하지만 그런 부분은 대중에게 전달되지 않는다.

이는 대중들이 문화를 소비하는 것에 있어서 불편함을 느껴서는 안 되기 때문이었다.

그러니 모든 고통은 '노력'과 '열정'이라는 가치로 포장되었다.

실제로는 그렇지 않은데도 말이었다.

⟨Video Killed the Radio Star⟩.

버글스의 히트곡이기도 한 이 노래 제목은, MTV의 개국 이래로 모든 게 바뀌어 버린 1980년대를 관통하는 캐치프라이즈였다.

여러 의미를 담고 있는 문장이지만, 가장 중요한 건 보여 주는 심미성이 모든 예술성을 압도했다는 것.

그리고 이 분야의 정점을 찍은 부류가, 바로 아이돌이었다.

사람들은 심미성의 가치 아래 태어난 아이돌이 실력이 아닌 외모로 성공을 거둔다고 비난했다.

이건 한국에 국한된 이야기가 아니었다.

애초에 아이돌이 처음 탄생한 곳은 미국이었고, 그것을 가장 열렬히 공격하던 이들은 흑인 래퍼였으니까.

그럼에도 불구하고 아이돌 산업은 끊임없이 성장했고, 동아시아의 작은 나라에서 케이팝이란 브랜딩을 통해 퍼져 나가기 시작했다.

한시온을 제외하면 아무도 모르는 이야기지만, 코로나 시대가 지나면 여기서 진짜 월드 스타들이 탄생하기도 하고.

산업이 커지니 당연히 퀄리티도 올라갔다.

시작은 비디오 스타였을지만, 오디오 스타를 압도하는 실력을 갖춘 진짜배기들도 등장했다.

그럼에도 불구하고 전혀 변하지 않는 것이 있다면…….

대중들에게 불편함을 줄 만한 요소들은 여전히 철저히 배제한다는 것이었다.

한데, 그게 깨졌다.

세달백일에 의해서.

그리고, 최재성에 의해서.

지금껏 절망을 이야기한 아이돌이 있었나?

없다.

곡의 컨셉에 따라 절망의 감정을 노래한 이들은 있을 것이었다.

그리고 거기에 진실한 자신의 감정을 담은 이들도 있을 것이다.

하지만 가식 없는 개인의 밑바닥을 드러낸 이는 없었다.

그렇다면 왜 그런 이들이 없었을까?

얻을 게 없기 때문이었다.

그런 감정을 드러내서 득이 될 지점이 없다.

오히려 대중들이 불편하고 꺼림칙한 이미지를 가지게 된다면, 마이너스밖에 안 된다.

그렇다면 최재성은 왜 그런 이야기를 했을까?

이에 대한 정답은 아무도 알지 못했다.

아마 세달백일만 알 수 있는 이야기였을 것이었다.

그러나 확실한 건, 최재성은 온새미로에 대한 불만을 토로하는 것도 아니었고, 비탄에 빠진 절망만 풀어놓은 것도 아니었다.

그는 진짜 절망을 이야기했기에 역설적으로 희망을 담을 수 있었다.

그가 온새미로에게 가진 복합적인 감정 역시 털어놓을 수 있었고, 온새미로는 최재성에게 용서받을 수 있었다.

그러니까……

"이건 예술이 아닌가?"

이건 예술이었다.

* * *

문화 평론가, 인문학 평론가, 대학 교수, 심리학 박사까지…….

 수많은 사람들이 최재성의 곡에 대해 이야기했고, 그 이야기는 날개 돋친 듯이 훨훨 퍼져 나갔다.

 한 사람이 세상에 꺼내든 담론에 대한 해석과 해설이 이토록 많을 수 있다는 게 놀라울 지경이었다.

 이것이 가능했던 것은 최재성이 진심이었기 때문이고, 그의 음악이 수준 높았기 때문이었다.

 물론 음악성은 고려하지 않는 전문가들도 많았다.

 나이가 꽤 있는 이들에게 랩이란 와닿기 힘든 음악이다.

 그들은 멜로디 없이 리듬으로 나아가는 곡의 전개에서 큰 매력을 느끼지 못한다.

 하지만 이게 큰 문제는 되지 않았다.

 그들은 최재성의 랩에는 별다른 관심을 두지 않고, 가사에 온전히 집중했기 때문이었다.

 벌스 1, 22마디.

 벌스 2, 16마디.

 벌스 3, 18마디.

 랩의 기본 형식과 썩 어울리는 마디 구성은 아니었지만, 최재성은 진심을 전부 표현하기 위해 무려 56마디를 사용했다.

 그 56마디가 내포하고 있는 비유와 은유는 대체 몇 마디에서 왔겠는가?

그러니 문장을 해체 분석하는 이들에게 이것은 랩 가사가 아니라, 수필이자 회고록이었다.

[아이돌 산업의 대전제를 가장 아름답게 파괴한 시.]

한 줄 평론으로 유명한 평론가가 남긴 문장이기도 했다.

여기서 재미있는 건, 젊은 세대의 소비자들은 반대로 최재성의 랩에 포커스를 맞췄다는 것이었다.

그들이 생각하기에 랩은 솔직함이 가장 큰 무기가 되는 장르다.

그러니 최재성이 아이돌 산업의 규칙을 깨부쉈는지, 쇼 비즈니스 산업의 다음 스텝을 걷는 한 걸음이었는지는 관심이 없었다.

그들이 보기에 이것은 정말 대단한 랩이었다.

음악의 스킬도 뛰어나고, 사운드의 수준도 높고, 심지어 대중성까지 갖춘.

그리고, 무엇보다도 완벽하게 솔직한.

-야ㅋㅋㅋ 진짜 개쩔지 않나?
-와 나 아이돌 랩 듣고 이렇게까지 소름 돋을 줄은 몰랐네.

―최재성이 세달백일에서 좀 애매한 포지션이라고 생각했는데, 이러면 완전 달라지는데?
―곡 보면 랩을 시작한 지 얼마 되지도 않은 거잖아? 이건 백퍼 재능 아님?
―ㄹㅇ 엄청난 재능인데.
―약간 나스처럼 랩한다는 생각을 하는 날 보고 경악했다.
―언제적 나스냐ㅋㅋㅋ 차라리 타이가 느낌 있지 않냐?
―뭔 개소리냐. 타이가는 이런 식으로 리듬 안 만듦.
―ㄴㄴ 리듬 말고 라이밍.
―차라리 빅션 쪽 아니냐?
―오 비슷한 거 같기도 하고?
―원래 아이돌이 본토 래퍼랑 비교되면 발작 버튼 눌려야 하는데….
―안 눌리지?
―ㅇㅇ… ㅈㄴ 잘함….

그러니 어처구니없게도 가장 먼저 최재성에게 큰 호응을 보낸 곳은 힙합 문화의 소비자들이었다.
이들은 때론 특정인들에게 어마어마한 편견을 보여 주는 이들이지만, 한편으로는 완전히 인정하는 이들이기도 했다.

그들은 최재성의 랩이 '문제적 예술'로 들렸다.

감히 아이돌이 이 정도로 솔직함을 내비쳐도 되는지에 대한 쾌감을 느꼈다.

그게 오히려 더욱 큰 박수를 치게 만드는 요인이었고.

-'쇼미진시황사오이'랑 '최갓더마이크로폰재성'이랑 랩 듀오 앨범 내면 5만 원이라도 산다.
-LP 한정판이 나온다면??
-25까지 가능.
-최갓더마이크로폰재성은 뭔데 미친놈아ㅋㅋㅋㅋㅋㅋ
-쇼미진시황은 또 뭔데ㅋㅋㅋㅋ
-ㅈㄴ 뜬금없어서 웃김ㅋㅋㅋ
-와 세달백일 다음 앨범에는 랩 트랙도 있지 않을까? 한시온이랑 최재성이 랩만 조지는 트랙으로.
-오....

하지만 그 무엇보다 큰 반응을 보인 부류는 역시 티티였다.

최재성의 곡에 대한 그들의 호응은 엄청났다.

특히, 개인 팬보다는 그룹 팬의 성향이 강한 이들이 그랬다.

그룹 전체를 좋아한다고 하더라도, 더 애정이 가는 멤

버가 있기 마련이다.

당연히 최재성은 이런 부분에서 불리했다.

앨범이나 팀 활동에서 큰 조명을 받기 힘든 포지션이었으니까.

하지만 이번 곡 한 번으로 모든 게 바뀌어 버렸다.

당장 세달백일 내 선호도 투표를 하면 최재성이 한시온과 경쟁할 정도로.

물론 시간이 지나면 다시 호불호의 영향을 받아서 돌아가는 부분들이 있겠지만, 그렇다고 모든 이들이 그런 것은 아닐 것이다.

덕분에 최재성의 개인 팬들의 불만도 대부분 사라졌다.

싱글 공개를 통한 어설픈 달래기가 아니라, 100% 최재성의 진심이라는 게 느껴졌기 때문이다.

물론 최재성의 곡을 자기 마음대로 곡해해서 온새미로나 한시온을 욕하는 이들이 없는 건 아니었다.

혹은 일반 대중 중에도 최재성의 곡이 진심이 아니라, 만들어진 기믹이라고 공격하는 이들도 있었다.

하지만…….

-ㅁㅊ 이게 기믹이면 최재성은 신이야.
-기믹으로 이 정도 호소력 짙은 가사를 쓸 수 있으면

전 세계 일류 작사가일 듯.

씨알도 안 먹혔다.
진심의 힘은 강력했으니까.
그렇게 최재성은 다시 돌아왔고, 세달백일의 강력한 무기가 되었다.

* * *

한시온이 세달백일이 노래 실력을 점검하고, GOTM의 앨범을 만들고, 최재성의 싱글 곡을 준비하는 사이.
〈역전세계〉는 한시온의 손을 떠나 차곡차곡 잘 방송되고 있었다.
이제 역전세계는 '세달백일의 역전세계'라는 꼬리표를 뗀 지 오래였다.
그곳에 출연하는 배우들이 주는 감동이 있었다.

나도, 다시 한번 빛날 수 있다.

이런 캐치프레이즈 아래에서 나아가는 노년 배우들의 고군분투.
심지어 출연진들도 꽤 화려했다.

세달백일이 아닌 게스트들이 나와서 이들과 소통하는데, 매 화마다 명장면이라고 불릴 만한 것들이 꼭 탄생했다.

이는 강석우 피디의 연출 능력도 있었지만, 그보다는 연륜의 힘이 컸다.

아마 인간이 나이 들어 가면서 얻는 가장 큰 능력은 '이해'일 것이었다.

큰 욕심 없이 나아가는 출연진들의 모습은 '이게 어른이구나'라는 생각을 절로 하게 했으니까.

뿐만 아니라 중간중간 등장하는 미니 앨범의 곡들이 굉장히 좋았다.

-아니 어떻게 한시온은 쉬지 않고 작곡하면서 미끄러진 게 하나도 없지.
-그러니까. 나무위키 가면 진짜 이해가 안 됨. 20개가 넘는 장르의 곡을 100개 넘게 발매했는데, 실패한 게 하나도 없어.
-벌써 100개가 넘는다고?
-ㅇㅇ 쇼미 음원이나 마싱에서 세달백일 멤버들이 부른 편곡 버전까지 다 합치면 150개임.
-와 이제 데뷔 2년 차 아님?
-ㅇㅇ 개월 수로 따지면 20개월밖에 안됨ㅋㅋㅋㅋ
-매달 5개 페이스라고?

-유닛 3개 + 정규 2집 앨범이라서 한번에 드롭돼서 그런 것도 있는데….
　-미친 페이스긴 함;

　이쯤 되니 일각에서는 '한시온 차트'를 만들어야 하는 게 아니냐는 농담까지 있었다.
　그리고 가장 큰 화제성을 만들어 냈던 '테이크씬 주연'의 편이 방송되었다.
　시기상으로 따지자면, 최재성의 곡이 발매되기 5일 전.
　이편은 방송이 되기 전부터 나름 이야기가 많았었다.
　세달백일이 테이크씬과 경쟁했던 건 팩트다.
　그리고 한시온이 최대호, 페이드와 사이가 좋지 않았던 것도 팩트다.
　그러나 세달백일과 테이크씬 전체가 사이가 나쁘냐면, 그건 알 수가 없었다.
　커밍업 넥스트 당시에는 친한 그림을 보여 주는 이들도 몇 있었기 때문이었다.

　-뭔가 좀 여론을 다잡으려는 거 같지?
　-ㅇㅇ 3집 앨범 내기 전에 팀과 관련된 잡음들 정리하는 시즌인가?

사람들은 주연의 출연을 이 정도로 받아들였지만, 막상 방송분은 그렇지 않았다.

주연은 출연진들이 부르는 노래를 듣고 눈물을 흘렸고, 그 눈물은 완벽히 진심이었다.

그 이후에 이어진 예능적인 장면도 충분히 재밌었다.

커밍업 넥스트를 보지 않아서 세달백일은 잘 알지만, 테이크씬에 대해서는 잘 몰랐던 시청자들.

그들에게 단번에 '주연'이라는 인물이 호감으로 각인되는 회차였다.

사람들은 한시온이 테이크씬에게 먼저 손을 내밀었고, 그룹 차원에서 화해를 했다고 생각했다.

혹은 조금 더 나아가서 최대호에게 손을 내민 것일 수도 있다고 생각했다.

본격적으로 메인스트림에 올라탔는데, 굳이 라이언 엔터와 척을 진 채로 나아갈 필요가 없으니까.

하지만 이는 전부 틀린 추측이었다.

방송 이틀 뒤.

한시온은 주연에게 연락해 만났고, GOTM의 앨범을 들려주었다.

"이게 무슨······."

"이 앨범이 시원하게 망하는 것만 아니라면, 제가 왜 그런 말을 했는지 알겠죠?"

"정말 이걸 낼 건가요?"

"물론이죠."

"정말 한시온 씨는……."

그렇게 며칠이 흘러서 래퍼 최재성의 싱글이 발매된 날.

주연에게 연락이 왔다.

테이크썬이 SBI 엔터의 산하 레이블로 들어가겠다고.

다시 시간이 흘렀다.

그사이, GOTM의 앨범 발매 일정을 잡은 HR 코퍼레이션은 프로모션에 몰두했다.

당연히 GOTM도 미국으로 돌아갔고.

그렇게 추위가 몰아치는 11월이 되었을 때, 한시온을 객원 보컬로 삼은 GOTM의 앨범이 발매되었다.

* * *

GOTM의 정규 1집의 타이틀명은 〈G.O.T.M〉이었다.

사실 이는 다른 이름을 고려할 필요도 없는 당연한 선택지였다.

GOTM은 정식 보컬이 없는 팀이다.

의외로 밴드의 실력을 판가름하는 것에는 보컬의 기량이 크게 중요하진 않다.

보컬이 고음이 약하면 고음이 필요 없는 노래로 히트할

수 있고, 보컬이 저음이 약하면 저음을 최소화한 노래로 성공할 수도 있으니까.

그러니 밴드 전체의 구성 요소에서 보컬은 유일하게 약점을 커버할 수 있는 멤버였다.

그러나 악기 플레이어들은 다르다.

드럼이 고스트 노트가 약해서 강한 리듬만 쳐야 한다?

그건 밴드의 드러머가 아니다.

기타가 리드미컬한 연주가 힘들어서 멜로디 기타의 역할만 해야 한다?

이 역시 제대로 된 기타라고 볼 수 없다.

그러니 밴드의 실력을 평가하는 데는 악기 플레이어의 역량이 절대적이었다.

하지만 실제 실력과 다르게, 밴드의 이미지는 보컬의 영향을 많이 받는다.

너바나 하면 가장 먼저 떠오르는 게 커트 코베인이고, 롤링 스톤즈는 믹 재거고, 퀸은 프레디 머큐리이듯.

그러니 대중들이 받는 밴드의 추상적인 개념은, 프론트맨의 역할을 하는 보컬일 수밖에 없었다.

한데, GOTM에는 프론트 보컬이 없다.

그렇다는 것은 이들의 실력이나 스타성과는 별개로 인지도를 쌓기가 쉽지 않다는 것이었다.

물론 그 난관을 뚫고 폭발적인 인지도를 쌓는다면, 메

인 보컬이 없다는 게 오히려 득이 되는 순간이 온다.

매 앨범마다 최상급의 보컬을 객원 보컬로 쓸 수 있으니까.

그러나 빌보드에 이름을 올리고, 막 인지도를 끌어올리는 지금은 불리했다.

그렇기 때문에 1집 앨범 타이틀명이 누가 뭐래도 〈G.O.T.M〉인 것이었다.

밴드 이름을 전면에 내세우는 인지도 작업을 해야 하니까.

다만 타이틀의 뜻은 한시온과 함께하던 Gram of the minute도 아니고, 팀의 의미인 Great of the mans도 아니었다.

God of the machine.

악기 플레이어들은 그들의 악기를 '머신'이라고 부른다.

그러니 이를 직역하자면 〈신이 내린 연주〉 정도의 뜻일 것이었다.

조금 촌스럽긴 하지만, 메인 보컬이 없는 팀에게 잘 어울리는 이름이기도 했다.

이들의 정체성은 누가 뭐래도 연주였으니까.

참고로 HR 코퍼레이션에서는 이 뜻을 두고 갑론을박이 벌어졌다고 했었다.

GOTM의 브랜딩을 구축할 수 있는 앨범 타이틀임은 틀림없지만, 시기가 너무 이른 게 아니냐는 것이었다.

이제 1집 앨범을 내는 이들이 '신에게 받은 연주 능력'을 운운하는 순간, 비호감이 될 수도 있으니까.

신을 거론하려면 실력이 뒷받침되어야 한다.

제이지가 스스로를 Hova(여호와에서 따온 랩네임)라고 칭할 수 있었던 건, 완전한 인정을 받았기 때문이었다.

에릭 클랩튼이 '신의 손'이라고 불린 것은 그의 기타 연주가 진짜라는 것을 수년간 증명했기 때문이었다.

그러니 이제 막 1집 앨범을 발매하는 GOTM에게는 너무 과한 타이틀이라는 것이 논지였다.

원론적으로는 틀린 말이 아니었다.

하지만 이번 앨범은 원론이 통용되지 않는다.

이 앨범을 프로듀싱하고, 보컬을 맡은 한시온에게는 비밀이 있었으니까.

세상 모든 사람들이 〈G.O.T.M〉을 GOTM의 1집 앨범이라고 생각하겠지만, 그렇지 않다.

한시온에게는 이들과 함께한 24번째 앨범이었다.

내부자들에게 음악 실력은 인정받았지만, 동양인 케이팝 출신 객원 보컬은 밴드 시장에서 약점이 될 것처럼 보인다.

하지만 그렇지 않다.

한시온은 GOTM이라는 악기를 세상에서 가장 잘 다룰 수 있는 보컬이며, 밴드 시장에서 가장 잘 팔리는 곡을 쓸 수 있는 작곡가이다.

이를 증명하는 건 쉬웠다.

내부 청음회.

한시온과 GOTM이 한국에서 만든 5개의 트랙이 HR 본사로 넘어갔고, 그들은 판단을 바꾸었다.

God Of The Machine.

이보다 적절한 타이틀은 없어 보였으니까.

그렇게 GOTM이 미국을 돌아다니며 앨범 프로모션에 열중하고, 최재성이 래퍼로서 화려하게 데뷔했다.

그 뒤로도 차곡차곡 시간이 흐른 11월 11일.

마침내 〈G.O.T.M〉이 세상에 공개됐다.

* * *

[젠장, 뭔가 나만 알던 소중한 친구를 빼앗긴 기분이야.]
[그렇기에는 우리가 이미 쇼에서 너무 많이 거론하지 않았어?]
[말이 그렇다는 거야.]

사운드 팩트 팟캐스트를 진행하는 보니와 로니는 이 앨범에 가장 기민하게 반응한 셀럽일 것이었다.

그들은 GOTM의 〈Players〉를 굉장히 좋아했었고, 이제는 ZION으로 호칭이 통일된 QG를 여러 번 찬양하기도 했었다.

그러니 이 앨범의 발매 일정이 공개되자마자, 공지를 올렸다.

발매와 동시에 음감회를 할 거라고.

사운드 팩트에서 음감회는 매번 진행되는 콘텐츠였지만, 이번에는 좀 달랐다.

일단은 돈을 받고 하는 게 아니다.

빌보드 차트에 오른 곡은 돈을 받지 않고도 듣는 경우가 많다.

하지만 이제 막 발매된 풀-렝스 앨범을 그냥 듣는 경우는 없다.

또한 이번에는 팟캐스트가 아니라 유투브였다.

그들은 여전히 팟캐스트를 주력으로 삼긴 했지만, QG와의 이벤트 이후 유투브로 조금씩 무게 중심을 이동하는 중이었다.

마지막으로, 12명의 게스트를 모았다.

이들은 순수한 일반인이었다.

물론 개중에는 음대의 악기 전공자들도 있었고, 언더그

라운드 가수도 있긴 했다.

하지만 전반적으로 대중들의 시선에는 일반인이었다.

[오, 떴다.]
[잠깐, 잠깐. 저 질문은 마음에 안 들어. QG가 앨범을 보냈다고는 했는데, 아직 도착을 안 한 거야. 어쩌면 사라졌을 수도 있지. 택배 도난 사건은 빈번하니까.]
[그만 설명해. 보니.]

그렇게 그들은 우선적으로 앨범의 구성을 살폈다.

총 트랙 수는 13 + 1이었다.

원래 예정은 12트랙만 만들 예정이었는데, 하다 보니 하나가 늘어났고 히든 트랙이 더해졌다.

물론 이건 한시온만 아는 이야기였다.

[모든 수록 트랙의 작곡과 편곡자가 ZION이네.]
[음. 보통은 좋은 선택이 아니라고 하겠지만, 말을 아낄게. ZION은 미친놈이니까.]

뿐만 아니라, 13트랙이 모두 한시온의 단독 보컬로 진행된 곡이었다.

객원 보컬이라고 하기에는 지나치게 헤비한 볼륨처럼

느껴졌다.

[이건 ZION이 GOTM이라는 악기를 쓴 것처럼 보이는 앨범인데.]
[균형과 조화가 중요할 것 같아.]

게다가 문제는 한 가지가 더 있었다.

[난 GOTM을 좋아하지만, 이 친구들의 프로모션은 별로였어.]
[솔직히 좀 구시대적인 프로모션이었지.]

HR 코퍼레이션은 GOTM을 데리고 아주 낡은 프로모션 방식을 진행했다.
바로, '우리 앨범이 공개되면 세상이 바뀔 거예요.' 프로모션이었다.
과거에는 이런 식으로 앨범을 어마어마하게 포장하고 과장하는 프로모션이 많았다.
하지만 최근에는 사장되었다.
온라인 시대가 도래하면서 수없이 터져 나오는 말들이 가진 힘이 너무나 커졌기 때문이었다.
지금은 70년대가 아니다.

과장된 프로모션에 대한 반작용이 커졌기에 프로모터들이 기피하는 방식이 되었다.

그러나 GOTM은 꿋꿋이 이 전략을 채택하며 전미를 돌아다녔다.

언젠간은 모 개그맨이 이를 두고 스탠드업 코미디를 하기도 했다.

GOTM의 앨범이 나오면 세상이 바뀔 거라고.

그들이 조롱당하지 않던 세상에서, 조롱당하는 세상으로.

한국식으로 한다면 '그들의 세상이 무너졌다.' 정도의 농담이었다.

그러다 보니 보니와 로니도 GOTM의 프로모션을 좀 안 좋게 보고 있었다.

정말 어마어마한 게 나오는 게 아니라면, 반응이 좋지 않을 거라면서.

게스트들도 그들의 말에 공감한다는 듯 고개를 끄덕였고.

이런 복합적인 감정 속에서 마침내 앨범의 음감회가 시작되었다.

1번 트랙, 〈Upstairs〉.

인트로의 시작은 웬 외국인 남성의 목소리를 샘플링한 것이었다.

사실 외국인의 목소리를 샘플링해서 앨범의 인트로로

쓰는 건 흔한 구조였다.

 북미의 뮤지션들은 밥 말리 같은 아프리카 뮤지션들의 목소리를 많이 샘플링하고, 동아시아의 뮤지션들은 미국인들의 목소리를 많이 샘플링한다.

 샘플링하는 대상도 다양했다.

 마틴 루터 킹의 목소리를 샘플링하기도 하고, 조지 부시 대통령의 목소리를 샘플링하기도 한다.

 뿐만 아니라, 아무도 모르는 개인적인 지인의 목소리를 샘플링하기도 했다.

 아마 이번 곡의 샘플링은 자이온의 지인인 것 같았다.

 외국어가 주는 느낌이 한국어 같았으니까.

 하지만 보니와 로니는 굳이 그런 언급까지는 하지 않았고, 인트로를 들었다.

 한국인 남성의 이해할 수 없는 목소리 뒤로.

[오우.]
[좋은데?]

 기타가 불을 뿜었다.

 드럼도 없고, 베이스도 없는 단독 기타 솔로였다.

 심지어 꽤 길었다.

 15초 가량?

벌써 머리에서 이 곡을 연주하는 콘서트가 그려진다.
GOTM의 기타리스트가 열정적으로 연주를 하면, 사람들이 환호성을 지르고.

[오, 그렇지.]

자이온이 보컬을 토해 낸다.
1 기타 + 1 보컬의 미니멀한 구성이라고는 느껴지지 않는 화려함 뒤로 악기가 차곡차곡 쌓이기 시작한다.
훌륭한 시작이다.
악기 하나하나가 주는 느낌을 천천히 보여 주면서도 전반적으로 공격적인 느낌이 난다.
⟨Upstairs⟩.
높은 곳에서 있는.
GOTM이 이미 높은 곳으로 올라가 있다는 느낌은 아닌 것 같다.
그렇다기에는 지나치게 공격적이다.
차라리 저 높은 곳에 있는 무언가를 떨어트리고, 거기에 내가 기어 올라가겠다는 야망이 느껴진다.
연주와 노래가 나아갈수록 보니와 로니의 얼굴이 밝아졌다.
이건 된다.

굉장하다.
시대를 특정할 수 없는 느낌의 연주였지만, 연주가 주는 수준이 높다.
그렇다는 건, 이게 GOTM의 고유한 아이덴티티라는 뜻이었다.
특히 자이온의 보컬이 재밌었다.
자이온은 보컬을 전면에 내세우는 대신 조미료처럼 사용했다.
꽉 찬 악기 사운드 사이로 듬성듬성 보컬이 쓰이는데, 그게 꼭 신디사이저 같은 악기 같다.
그러면서도 후렴에 도달해서는 확실한 멜로디컬을 형성하기도 했다.

[와우, 정말 좋았어.]
[1번 트랙에 모든 걸 쏟아부은 건 아니겠지?]

그들이 감탄하는 사이, 자동 재생이 2번 트랙으로 넘어갔다.
그렇게 트랙이 진행될수록 보니와 로니는 한 가지 놀라움을 느낄 수밖에 없었다.
1번 트랙을 듣고, 정말 좋다고 생각했다.
밴드 플레이가 줄 수 있는 최상의 맛이다.

한데, 2번 트랙이 1번 트랙보다 좋고, 3번 트랙이 2번 트랙보다 좋다.

그쯤 되니 인지 부조화가 온다.

우리가 자이온의 음악 스타일을 좋아해서 착각하는 건가?

하지만 아니었다.

게스트들의 반응도 둘과 다를 바가 없었으니까.

그렇게 14개의 트랙이 전부 재생되고, 음감회가 끝났을 때쯤 누군가 말했다.

"이건 진짜로, 세상을 뒤집어 놓을 수도 있겠는데."

이 앨범에는 밴드 앨범이 줄 수 있는 모든 재미가 담겨있다.

보컬이 역량이 돋보이는 드라마틱한 고음의 하드록도 있고, 기타 플레이어들의 마음을 훔칠 기타 메인 곡도 있다.

베이스도 있고, 드럼도 있고, 키보드도 있다.

말랑말랑한 팝 감성도 있다가, 얼터너티브의 느낌이 물씬 나는 미니멀한 사운드도 있다.

하지만 그 무엇보다 놀라운 건, 이런 모든 변화에서 유기성이 느껴진다는 것이었다.

GOTM이 가진 아이덴티티.

그리고 자이온이 가진 음악 세계.

의심할 여지가 없다.

이건 명반이다.
정확히 3일 만에, 이는 미국 전역의 반응이 되었다.

* * *

GOTM의 앨범이 미국을 뒤집어 놓는 사이, 덩달아 난리가 난 곳은 한국이었다.

국뽕의 영역도 있었다.

이 앨범의 전권을 지휘한 것은 한시온이고, 단독 객원 보컬도 한시온이니까.

하지만 그보다 더 뜨거워진 감자는 1번 트랙 〈Upstairs〉의 인트로였다.

미국인들은 이 인트로가 한국 영화 어디쯤에서 따온 배우의 목소리라고 생각했다.

한국인들 중에도 앨범을 처음 듣는 이들은 비슷한 생각을 하는 이들이 있었다.

하지만 시간이 지날수록 점차 진실을 깨닫는 이들이 있었다.

인트로 트랙의 인트로.

[한시온.]
[지금 인기가 영원할 거라고 생각하고 건방 떠는 거면

실수하는 거다.]
 [올라와.]

이건…….
최대호의 목소리가 아닌가?

(빌어먹을 아이돌 13권에서 계속)